闪灵录像带

SHINING VIDEO

密室里的喵君

(谎言尽头) 常 (谜团深处)

SPM
南方传媒 | 花城出版社

中国·广州

图书在版编目（ＣＩＰ）数据

闪灵录像带 / 密室里的喵君著. -- 广州 ： 花城出版社, 2023.4
ISBN 978-7-5360-9860-2

Ⅰ. ①闪… Ⅱ. ①密… Ⅲ. ①推理小说－小说集－中国－当代 Ⅳ. ①I247.7

中国国家版本馆CIP数据核字(2023)第034048号

出 版 人：张　懿
责任编辑：王铮锴
责任校对：李道学
技术编辑：凌春梅
平台策划：周　毅
封面设计：

书　　名　闪灵录像带
　　　　　SHANLING LUXIANGDAI
出版发行　花城出版社
　　　　　（广州市环市东路水荫路 11 号）
经　　销　全国新华书店
印　　刷　佛山市浩文彩色印刷有限公司
　　　　　（广东省佛山市南海区狮山科技工业园 A 区）
开　　本　880 毫米 × 1230 毫米　32 开
印　　张　9.375　1 插页
字　　数　185,000 字
版　　次　2023 年 4 月第 1 版　2023 年 4 月第 1 次印刷
定　　价　49.80 元

如发现印装质量问题，请直接与印刷厂联系调换。
购书热线：020-37604658　37602954
花城出版社网站：http://www.fcph.com.cn

摄影机就位

故事开始

目 录

001　新居

033　复仇

059　出轨

081　失忆

111　日记

149　艳遇

179　前史篇·雨夜

213　前史篇·入港

267　前史篇·十年

新　居

那个让她梦寐以求的学区房，差点害死了她女儿我叫小北，在上海最繁华的华山路上开了一家名为"闪灵"的录像厅。

经常有客户上门，委托我调查令人匪夷所思的亲身经历。这些扑朔迷离、难以解释的事件，被我称为"闪灵事件"。

调查是免费的，但委托人必须同意我全程拍摄下来制作成录像带，在店里进行小规模秘密放映。当然，为了保护当事人的隐私，制作录像带我们经常使用马赛克、变声器、换假名这三件套。

接下来我要讲述的这个离奇事件，出自我2020年4月拍摄的一卷录像带，编号"TS044"。

摄影机就位，故事开始。

"我怀疑千辛万苦买来的学区房，是一户凶宅。"

沈洁犹豫着说完这句话才摘掉口罩。她三十来岁，面容姣好，从打扮气质来看来自一个中产家庭。

整件事要从半年前说起。那时沈洁的女儿南南刚满六岁，眼看就面临着上小学的问题。

沈洁为女儿上学的事焦虑得整宿睡不着，每次洗完澡一抓地漏都是一大坨头发。

丈夫却不解地看着她，撂下了这么几句："要是一个男孩子我还能理解，女孩子家干吗要求这么高啊！实在不行带回老家去上学。按你的要求，那以前的人都没法活了！"听了丈夫的话，沈洁更加睡不着了。

这时，中介小吴一连发来好几条微信。

"姐，这儿有个学区房特好，已经有好几个客户盯上了，现在就拼手速了。"

相比那些天价"老破小"，小吴介绍的这套学区房性价比极高：两室一厅，面积刚好，南北通透，附近就有家超市，离地铁站也近。缺点也有，房子的采光不好，还有房子也老，大概是20世纪80年代建的，快40年房龄了。但相比那些墙漆斑驳、黑洞洞的"老破小"来说，已经是五星级的条件了。

沈洁和丈夫看完都满脸问号，和周围同等条件的房子相比，这套房子为什么便宜了那么多？

中介小吴解释，一是因为房子老，二是户主着急用钱想赶紧出手，房子需要全额付款，所以很划算。一听要付全款，夫妻俩迟疑了。

沈洁在一家外贸公司做文秘。丈夫徐伟在互联网公司做程序员。他们每个月的工资都要被高昂的房租吃掉一半，另一半几乎全花在了女儿身上。他们辛苦工作了好几年的积蓄，再加上双方父母的支援金，这才勉强能付得起首付，想要付全款根本是天方夜谭。

"姐，您和大哥走了之后，这两天又有六七个客户来看房。已经有三个在跟我谈价了。

"这个价格这个条件的学区房，我真不骗您，整个上海市找不到第二家了。我顶多能帮您拖到今天。要是您再拿不定主意，我也没办法了。"

面对小吴发来的一条条微信，沈洁咬紧牙关，郑重地按下了发送键："我明天一早就去交定金，把那套学区房定了吧！"

无论如何，她想给女儿力所能及的最好的教育。

当年，自己的父母从未在教育上出一份力，导致现在自己既不是一流名校毕业生，也没有任何特长。

最近因为疫情，整个外贸行业都备受打击。沈洁每天上班都小心翼翼，只要领导一叫人谈话，她的心就会提到嗓子眼。是在叫我吗？是要辞退我吗？现在这个情况辞退我，我去哪里找工作啊？

眼看着身边的同事一个个减少，她一直活在"轮到我了"的恐惧中。

她不希望女儿像自己一样活得这么卑微，也不希望女儿以后会恨自己。

那一切都要从给女儿平等的教育开始，从给女儿一套学区房开始。

在沈洁连续好几天的软磨硬泡下，徐伟终于投降了，黑着脸告诉沈洁，他爸妈已经同意卖掉房子支援他们。

他们一家三口终于搬进了学区房，南南也成功上了小学。看着南南在小区里奔跑的欢快身影，沈洁露出微笑。她满心以为，这么大的障碍都越过去了，全家的好日子终于要开始了。

谁知道，这恰恰是一系列噩梦的开始。

他们搬进来之后，诡异的事很快出现了。

有一天周六，徐伟去公司加班了。沈洁和南南一起在客厅吃早饭。这时，她隐约听见一阵钢琴声，越来越清晰，好像是从隔壁传来的。是"车尔尼299"，这个旋律她再熟悉不过了。因为南南也在学钢琴，最近一直在她的监视下苦练车尔尼。

沈洁借机拿别人家的孩子教育女儿："你看别人弹得多好听，还一大早起来就练琴，多努力呀！南南千万不要输给她哟！"

徐伟加班到深夜还没有回来，南南已经睡着了。沈洁被网上各式各样的兴趣班搞得头昏眼花，捏了捏酸疼的肩膀。她看到南南的房门还半掩着，就起身过去想关起来。

她捏着冷冰冰的门把手，刚打算把门关上，却突然愣住了。

她看到女儿床头前的地板上，静静地趴着一个人。

月光从窗外透进来，只能照到在床上酣睡的南南。客厅里的光线也被沈洁挡住了大半。这个人就躲在这两片光线之间的黑暗里，一动不动。

她一直保持着这个姿势，四肢扭曲地散落在地板上，脸几乎埋进了漆黑的地面。黑色的头发像蜘蛛一样，在黑暗中探出了肢体。她的脑袋冲着床头，不足一米的位置就是南南的脑袋。

沈洁感觉到寒冷从铜质的门把手渐渐地扩散，传遍了她的身体，传到她身上的每一个毛孔，让她汗毛倒竖。

动一动啊！

她指挥着自己不听话的手，终于抬了起来，迅速按了一下房间的灯开关。

整个世界恢复了光明。

她看到地面上竟然是一条黄色连衣裙安静地躺在那里。南南被突如其来的光明打搅，不满地嘟哝了一声继续睡了。

沈洁大大松了一口气，轻轻走过去，蹲下来捡起了连衣裙。这是自己给南南买的那条黄色连衣裙。每次看到南南穿着这条裙子，她就有说不出来的开心。肯定是南南调皮把裙子弄掉了，自己竟然看错了……真是好笑。

沈洁站起身，突然一股刺鼻的血腥味闯进她的鼻腔。她仿佛瞬间置身屠宰场，一股股浓浓的血腥味包裹着她，刺得她眼睛都睁不开。

她勉强睁眼，看到四面墙上都喷溅着鲜血，好像是有人拎着一桶鲜红的颜料，在房间中心洒了一圈。这时候，毫无预兆地，钢琴声又响起了，"车尔尼299"。一阵强烈的恶心感，沿着她的食道往上攀爬。

沈洁捂着嘴冲了出去，冲进厕所，哇的一声吐了出来。

片刻后，沈洁回到了女儿的房间，发现一切如常，似乎刚才什么也没有发生过。她看了看南南，睡得那般平静。她关掉了灯，也关上了房门。

沈洁坐到沙发上定了定神。周遭一片安静，也没有任何古怪的气味，"车尔尼299"不知道什么时候已经停止了。

刚才的一切都是自己的幻觉吗？现在就好像什么也没发生过一样，只有喉咙里的灼烧感提醒她刚才确实发生了什么。

第二天，沈洁推开门，刚好看到对门的老太太拖着个小推车出门买菜。沈洁假装随意和她闲聊起来，夸奖她家小孩钢琴弹得这么好，还这么用功。老太太没好气地回答，说自己孙子根本不住在这里，也没人弹钢琴。

"这栋楼本来每一户都安安静静的，自从你们家搬过来，就总有钢琴声，搞得我都休息不好。"老太太抱怨着。

沈洁嘴上说着道歉的话，心中不免一紧。

吃晚饭的时候，隔壁又响起了"车尔尼299"。沈洁随口和丈夫抱怨起来，说："隔壁怎么大晚上还弹琴？"丈夫却莫名其妙地看着她，说："根本没听到琴声啊！"

怎么会呢？这么清晰的钢琴声。沈洁还当丈夫在和自己开玩笑呢。丈夫却严肃地说是不是她压力太大了，出现了幻听。

"我到底是怎么了？"

但如果怪事只到这个程度，沈洁也不会那么放在心上，更不可能找人调查。

接下来发生的事，让沈洁不得不立刻找人求救。

有一晚，丈夫带着南南去她爷爷奶奶家串门了。沈洁本来说好要一起去，结果临时有工作，只好独自在家处理。处理完工作，她收到家长群的微信，老师提醒家长把孩子获得的各种奖状整理好交上来，班级要评选"艺术之星"。

南南的奖状资料全都放在她床底下的铁盒里。床是前任房主留下来的，老式的红木床，一看就用了很多年头，但是做工非常好，完全没有损坏。沈洁和丈夫都觉得扔掉太可惜，加上南南也喜欢这个宽敞的大床，装修时就留了下来。

沈洁打开女儿的房门，蹲到床边伸手去够那个盒子。

盒子位置太深，沈洁一伸手没够到，只好趴到床底下。渐渐地她整个身体都潜进了床底下，终于碰到了铁盒。她本能地要起身，后脑勺在床底猛磕了一下。她疼得叫了一声，灰尘掉落眯了眼睛。

沈洁拿着盒子，小心翼翼地朝床外挪动着。就在这时，她朝旁边看了一眼。

床外面，有一双眼睛正在盯着自己。

一具小女孩的尸体趴在地板上，头冲向床的位置，殷红的血从她身下、脸庞下流出来。她的眼睛还睁着，直愣愣地盯着床底下，好像在看沈洁一样。

那股令人作呕的血腥味又钻进了她的鼻腔深处。

时间不知道过了多久，沈洁的力气终于重新回到了身体里，她拼命朝外挪动着，后背在床底撞了一下也顾不上。她踉踉跄跄地站了起来，朝床边的位置瞟了一眼。

空空如也，没有小女孩的尸体，甚至没有一丝血迹。

她就那么呆呆地站在那里，不知道刚才发生了什么。是自己的幻觉吗？她没有一丝勇气再钻到床底下去看一眼，光是这样想她就不寒而栗了。最后，她只能蹲下来，用扫帚把铁盒够了出来。

她不敢关上房门，生怕再次打开的时候，那里会出现一个不属于这个房子的东西。

她脑中出现了无数个疑问，为什么自己会看见这样的场面？那个小女孩到底是谁？

刚才的事情发生得太突然，女孩的刘海垂下来挡住了脸，只露出了一双眼睛。她没有看清那个小女孩的长相，只是一眼看过去感觉十岁出头吧。

丈夫和女儿回家之后，沈洁不敢让女儿回自己房间睡觉。她又不说出理由，只能编了个借口，让女儿陪着自己和丈夫一起睡。看着怀中熟睡的女儿，听着身后传来的丈夫的鼾声，她睁眼度过了整整一夜。

因为只要一闭眼，她就能看见那双眼睛在盯着自己。

第二天，她终于忍不住向丈夫倾诉了自己见到的景象。"你又来了！"丈夫觉得不耐烦。上次沈洁说什么听见钢琴声的事情，他还记忆犹新。

他认为一定是沈洁精神压力太大，出现了幻觉。他抱怨沈洁最近神经越发紧绷，这才搞得家里气氛紧张不堪。

但沈洁坚信那不是自己的幻觉，那个感觉太真实了。

那个小女孩一定真实存在。

因为，她十分确信，之前自己在黑暗中见到的那个趴在地上的人影，就是这个小女孩。

"所以，你怀疑自己买到了凶宅，你见到的那个小姑娘，就死在房间里吗？"我问沈洁。

沈洁缓缓点了点头，说："会不会……是这个女孩子给我托梦呢？"

我一时不知该如何回答，只好问她："你们买房之前没有考察过这个问题吗？"

"当时买得匆忙确实没有仔细考察。现在仔细想想，这房子这么便宜，里面肯定有猫腻。"

沈洁被这个心病折磨得寝食难安。她和徐伟经常因为一点小事就吵得不可开交，家里充满了火药味。

随着时间的推移，沈洁虽然没再见过那个小女孩的尸体，但依然能隐约听见钢琴声，"车尔尼299"。她实在是不堪压力，但是报警只会被当成精神病。

沈洁从朋友那边打听到，有家闪灵录像厅专门帮人调查稀奇古怪的事情。她的第一反应是觉得不靠谱。

不过，她这个朋友也是我之前的一个客户，我帮她解决了一件发生在她自己身上的"中邪"事件。这个朋友在沈洁面前好好替我打了通广告，沈洁这才抱着"病急乱投医"的心态找到了我。

我又向她详细解释了一下我们店的规矩，调查全部免费，但如果调查出结果了，我会把全部调查过程制作成录像带，进行小规模放映。当然我会保护好她的隐私。沈洁点头表示同意。

沈洁着急赶回公司去，我们约好了下午先去她家看一看。

沈洁一离开，我就打电话叫来了搭档阿南。当时，我刚刚和阿南合作不久。之前我有一位固定的搭档——处理怪异事件的"老法师"阴先生。但他岁数大了，身体一直不好，在疫情期间仙逝了。

我失去了最重要的搭档，无法展开调查，店里就彻底断了财路。我急得焦头烂额。就在这时，我收到了阴先生的一封遗书。

阴先生在临终前，推荐了远房侄子阿南作为我的新搭档。我喜出望外，心中给阴先生磕了几个头表示感谢。

不久后，一个身材瘦削、头发乱蓬蓬的年轻人，斜挎着一个双肩包出现在我的店里。他就是阿南。

我正打算走个流程，面试他一下。他却两手揣兜在店里东张西望起来，一副前来视察工作的样子。

我还没开口，他就说刚到上海没地方住，然后就站在那里看着我。

我愣了半天才反应过来，敢情不但要我给他发工资，还要我管吃管住啊。

我心里窝火，但又苦于没有人手，只好聘请他一起调查，还把他安排到了我家，给了他一间卧室住下。

我对阿南的第一印象差到不行。和他合作一段时间后，我才发现……我的第一印象真的很准！

这小子自视甚高，对谁都摆着一张臭脸，平时闷着不说话，一张口就极刻薄，杀人于无形。但是，我不得不承认他有点小聪明，每次都能迅速找到线索，揭露离奇事件背后的真相。

在本市，光是网上公开信息的"凶宅"就数不胜数。这还是可以考证的新房源。如果是几十年前的房子，中间数次转手，以前发生了什么事根本查不出来。租房、买房一不小心住进了"凶宅"，概率还真不小。

下午，我戴上那顶能摄像的特制帽子，叫上了我的搭档阿南一起去沈洁家所在的小区。走到小区大门口，老小区熟悉的一面面红墙出现在我眼前。

我和阿南一口气爬上六层，来到了沈洁家。一进门，一股说不出来的压抑感扑面而来。

客厅很小，有一面墙上贴满了金黄色的奖状，看起来像是镇压着什么的符咒。客厅唯一的窗户正对着一面斑驳的红墙，让人喘不过气来。

沈洁打开了南南的房间。我一眼就看到了一架钢琴，占据了房间里的绝大部分面积，似乎它才是这个房间的主人。

沈洁指着钢琴和床之间那块地板，说那个小女孩的尸体就在这个位置。

阿南仔细检查了整个房间，摇摇头表示看不出任何异常。出于谨慎，我弯腰钻进了床底下，朝刚才的位置又看了看。

不出我所料，什么都没有。

沈洁有些失望地要送我出门。就在这时，她突然愣住了。

她问我们有没有听见。

"听见什么？"

"钢琴声。"

我和阿南仔细聆听着，除了客厅里冰箱发出的嗡嗡声，我没有听见任何声音。我看向阿南，他也缓缓摇头。

四周极其安静，这反倒让气氛诡异了起来。

我找沈洁要了物业的联系方式，问到了这套房子近几年住户的信息。

上上一任房主有一个女儿叫林一彤。林一彤住在这里时的年龄，和沈洁描述的小女孩吻合。

我精神一振，想不到这么快就有进展了。阿南却在一旁装深沉："恐怕这件事没这么简单。"

我们去往林一彤家的路上，沈洁给我发了一张照片。我点开看了半天，才看出来是木头一样的东西，上面歪歪扭扭刻着七个"死"字。

我连忙问沈洁是怎么回事。她回复我，刚才她在打扫女儿的房间，在床腿上发现了这样的字。

她怀疑，她看到的那个小女孩是在这里自杀的，这个字就是她生前刻在上面的。

沈洁坚定地认为，这些字就是她没有幻听、幻视的证据。

难道林一彤就是沈洁看到的那个小女孩，这些字也是她刻在床腿上的吗？我回复沈洁让她等等我这边的调查情况。

谁知到了目的地以后我才发现搞错了，林一彤根本没有自杀，至少没有自杀成功。她现在是某个大学心理学系大三的学生，正在一所心理咨询室实习。

我和阿南以心理咨询的名义找到了林一彤。坐下来之后，我就实话实说，大致说明了我的来意。我问林一彤，住在那个房子期间有没有听见或者看见任何奇怪的东西。

"没有，一切正常。"

我又给她看了一下沈洁发给我的照片，问是不是她刻在上面的。

"不是我刻的，我记得当时床腿上没有这样的字。我在那个房间住了那么久，如果有这种字我一定会发现的。"

咦？这倒有点出乎我的意料。因为在林一彤之后的那户人家是租户，家里没有孩子。床腿上的字看起来分明像是小孩子的手笔。如果不是林一彤，那会是谁呢？

离开了心理咨询室，阿南让我给沈洁发信息，立刻去她家里看看。

"有什么问题吗？"我有些疑惑。

"这事挺着急的，你只管发就行。"阿南每次都这样话说一半，我又气恼又无奈。

到了沈洁家，阿南直奔卧室那张床去了。他弯下腰检查了一下刻在床腿上的那几个"死"字，然后起身问沈洁："这个房间一直只有你的女儿在使用吗？"

沈洁点了点头。

阿南："我建议你和女儿好好聊一聊。或许她的压力比你想象的要大得多！"

阿南说话的语气冷冰冰的，像霜打在沈洁身上。

我有些疑惑地蹲下来查看。那些字刻在床靠墙那一侧的床腿上，很隐秘。上面还有木头碎屑。

很明显是最近才刻上去的。

我明白了阿南的意思，这七个"死"字，是沈洁7岁的女儿南南刻上去的。我都能想象出来，南南坐在地上，小小的身影冲着墙，用圆规一笔一笔刻字的模样。但我实在想象不出她刻字时的心情。

沈洁一时间难以接受，过了许久才缓缓坐下来。

"是我对南南过于严格了吗？"

她嘴里喃喃道，不知道是在问我们，还是在问自己。

"我父母就是对我没什么要求，才导致我现在根本没有一技之长，在社会上很难出头。

"每次我担心自己要被辞退的时候，就埋怨父母当年为什么不对我更严厉一些、狠一些，这样自己才会更优秀啊，不会像现在活得这么累。

"所以，有了南南之后，我就对她倾注了自己的全部希望。我不希望南南长大以后也怨恨我，更加不希望她长大之后留有遗憾。

"难道我做得不对吗？"

面对沈洁的问题，我们根本不知道怎么回答。她扭头看向窗外，那里却被一面墙堵住了，看不见风景。

第二天一大早，我就被沈洁的信息吵醒了。她问方不方便通个电话。我打着哈欠回了句可以，她的微信语音就立刻过来了。

"我在家里发现了一个奇怪的东西。"

我挂掉语音一骨碌爬起来，敲了敲对面的房门，把还在酣睡的阿南叫醒了。

一段时间后，眼睛里布满血丝的沈洁出现在我家门口，手里拿着那个奇怪的东西。

那是一盒破旧的磁带，是现在已经很难见到的索尼空白磁带。

"这有什么奇怪的呀？应该是以前的住户留下来的吧。"

沈洁坐下来给我们讲述了磁带的来龙去脉。昨晚，沈洁想和南南好好聊一聊，但是总被工作打断。等她终于准备好了，去南南房间的时候，才发现女儿已经睡着了。

当晚，沈洁做了一个梦。

梦里她看到自己从床上爬了起来。她详细给我们描述，那种感觉不像是自己从床上爬起来。自己似乎是另外一个人，能清晰地看到"沈洁"从床上起身。

然后，她看到自己走到了卧室里那个小储藏间，蹲下来抠开了地上一块瓷砖，塞了一个类似小盒子的东西进去。

沈洁早上醒来后，本来没太在意这个梦，但越想心里越放不下。她鬼使神差地打开了储藏间，在地砖上摸索着。

竟然还真有一块瓷砖松动了。

她的心脏都快跳到嗓子眼了，深呼吸了一下，抠开了那块瓷砖。

一盒磁带静静地躺在那里。

"我家里也没有能听磁带的东西。我也不太敢一个人……"

我点点头表示理解。正好我平时爱收集各种老古董，就找出一个步步高复读机。

磁带在复读机里转动起来。我们三人围坐着，全神贯注地盯着复读机。磁带里是一段白噪音，然后突然出现了一个女人的声音：

"南南，今天是你十岁生日，妈妈想对你说几句话……"

我们三人大气不敢出。这个声音虽然有些模糊，但依旧能听出来，是沈洁的声音。

"妈妈一直逼你练琴，让你努力学习，我知道这会让你失去很多童年的乐趣。但是当你长大以后步入了社会，再听到这段录音时，一定能明白妈妈的良苦用心。我相信你肯定已经长大成人，成为一个特别优秀的孩子了吧。妈妈永远为你骄傲……"

后面是长久的白噪音。我抬起头，看到沈洁的脸已经惨白了。我又快进了一下，确定磁带后面都是空白状态，这才按下了停止播放。

沈洁这时才缓缓开口："我根本没录过这样的磁带，怎么会……到底是谁……"

我和阿南面面相觑，一时不知如何作答，只好让沈洁先回家去，不要想太多，磁带留在这里让我们研究研究。

整件事朝着越来越古怪的方向发展着。

阿南躺在沙发上，皱着眉来来回回听了一整天的磁带。

我忍不住问他："会不会是沈洁的精神状态真出了问题？磁带明明是她自己录的，她却忘了这件事。这样所有事件就都能解释通了。"

"不对。如果她要给未来的女儿录一段话，为什么要这么麻烦，故意挑选磁带这么老式的东西？还有，她在里面说今天是女儿的十岁生日，时间也根本对不上。"

我挠了挠头，虽然有些不情愿，但还是忍不住追问他有什么想法。

"我有一个很模糊的感觉，但是还没有成形。"

又是这种敷衍的话！

我知道接下来不论我怎么问，他都不会老实交代，所以索性不再追问。

只是我心中憋气，不想轻易"放过"他。

我抢过阿南手中的磁带，刻意地学着他的样子一遍遍播放。

"哈哈，答案一定就在这个录音机里吧？我是老板，我来听！"

我扬扬得意地拿着录音机，故意强调自己"老板"的身份，并试图在阿南脸上看到挫败或者失望的表情。

但最终还是我被"打脸"。

阿南一如既往地淡定，只是看我的眼神中多了一些东西，我将这种眼神理解为"嘲笑"。

"随你。"

伴随着这两个字，我彻底破防了……我想，我得意的表情逐渐尴尬的画面，一定很好笑。

我将录音机丢给阿南，这种"脏活累活"，还是交给打工仔比较好！

第二天一早，沈洁又一个电话直接打了过来。我觉得这个母亲的精神已经在崩溃的边缘了。

"我怀疑我做了预知梦……"

那头沈洁的声音已经颤抖了。

预知梦？我被她这句话搞得一下子清醒了，顿时觉得头大。

沈洁情绪激动，已经有些语无伦次了。我询问了好几遍才终于理清了事情的经过。

就在昨晚，她又做了一个梦。梦里，她重新回到了南南的床底下。她不由自主地朝外看着，又看见了那个女孩的尸体。

但这一次，她看清了那个小女孩的脸。

那是她自己的女儿南南的脸！

这个小女孩从样貌和身高来看十岁左右，南南只有七岁。但沈洁依然确定无疑地分辨出她就是自己的女儿。这就是南南长大以后的样子，穿着那件黄色连衣裙。

鲜血涂满了四周的白墙和钢琴上的白色琴键。

长大后的南南，趴在床边的血泊中，眼神已经涣散但依旧盯着沈洁。她左手手腕有一条深深的割痕，鲜血从伤口里面汩汩而出。

梦中还有一个女人的声音，撕心裂肺地叫着："南南……南南……"

那个声音，沈洁听着再熟悉不过了，和磁带里一样，那分明是自己的声音呀！

"我是不是在梦里预见了未来？我是不是见到了南南未来的样子啊……难道我之前也是听见未来的女儿在弹钢琴吗……还有我昨天做的梦，是不是也预知了我会找到那盒磁带？"

沈洁说得自己越来越相信了。我都能想象出来，她在电话那头的表情已经扭曲成什么样子了。最后，她终于绷不住了，痛哭起来。

"是不是我会把南南给害死啊……"

我好言相劝，安慰了很久才终于让她情绪稳定下来。放下电话我就去找阿南，把这件事告诉了他。

阿南却露出了灵光一闪的表情："走，叫上沈洁，我们去找林一彤。"

林一彤？我愣了一下才想起来，她是上上一任房主的女儿，那个学心理学的。

路上，阿南对我解释，他上次去心理咨询室，注意到林一彤桌上有一张国际催眠师证书。所以，他想请林一彤给沈洁做一次催眠，有几个问题他无论如何都要搞清楚。一旦弄清，这一连串谜团就迎刃而解了。

由于催眠需要一对一进行，我和阿南只得在门外等着。我焦急地盯着墙上的挂钟一分一秒地走过，却突然听见里面传来一个女人尖叫、挣扎的声音。

我紧张得要站起来，阿南却淡定地按住了我的肩膀。果然，里面很快恢复了平静。

又过了一会儿，门打开了，林一彤把神情还有些恍惚的沈洁送到一旁休息，招呼我们进去。

林一彤打开录音笔，给我们听了一下催眠的整个过程。

录音中，林一彤引导沈洁回到过去，要她分别描述在现实中和梦中看到小女孩时的感受。

林一彤问："你再仔细回忆一下，你看到小女孩尸体的时候，你会觉得周围的空间很狭窄、局促吗？"

"没有，我没有这种感觉。床底下明显是很宽敞的。"

然后，林一彤又把沈洁的记忆引导向更久远的事情，一直引导到童年时光。这时，沈洁却出现了明显的抗拒。

她情绪越来越激动，口中不断喊着："南南！南南！"

林一彤又追问了一句："你看见了什么？"

沈洁口中似乎含含糊糊说了句什么，然后又大喊起女儿的名字。

这时，林一彤诱导沈洁放松下来，从记忆中一步步回到现实。

林一彤退回沈洁含含糊糊的那句话，放大音量给我们听。我细细听着，分辨出她说的是"黄色连衣裙"。

又是黄色连衣裙……我脑中瞬间浮现出一个画面，身穿黄色连衣裙的小女孩趴在血泊中，让人不寒而栗。

我回头看向阿南，他却是一副成竹在胸的模样，似乎已经搞清楚了真相。

　　林一彤告诉我们，沈洁一定有一段记忆是空白的，是无论如何也不愿回忆起来的。即使是通过催眠的手段，也很难让她重新想起来。

　　但在她这段缺失的记忆中，我们唯一能得知的信息是——

　　"黄色连衣裙"。

　　一出房间，我就迫不及待地问阿南到底发现了什么。

　　他反问我："你记不记得沈洁跟你描述，她趴到床底下去找盒子，床下空间是很矮的，她还不小心撞到了脑袋。"

　　我点点头："有什么问题吗？"

　　"但她在床下看到那个小女孩的时候，感觉比真实的床底下要宽敞许多。你不觉得奇怪吗？"

　　我品味着阿南的话。

　　"床底下很宽敞的感受，如果是从一个孩子的视角来看就没什么问题了。"

　　我渐渐回过味来了。

　　"会不会沈洁的梦并不是预知未来，而是看到了过去？沈洁看到的小女孩死亡现场，会不会是她小时候在同样的位置看到的真实情景呢？只不过因为她那时候太小，所以忘记了。但这个情景一直埋藏在她记忆深处，直到相同的场景触发了她的回忆。"

　　我恍然大悟，但想了一下又问道："那为什么她听到的钢琴曲目和她女儿正在练习的一样呢？为什么她在梦中会听见自己的声音叫着南南？还有，那盒磁带到底是怎么回事？"

阿南点点头："这些谜团确实没有解开。目前我这些也只是猜想，需要一些实际的证据。"

我们走到了休息室。沈洁已经完全恢复了平常的状态。

阿南问她："你是什么时候来的上海？会不会你小时候来过这间屋子，甚至在这里住过，但你却忘记了？"

沈洁愣了一下，然后摇了摇头。

"没有，我一直到上大学才第一次来到上海。以前我父母也从来没有带我来过上海。不过，我从小就很喜欢上海，一直想在这里生活。我考大学填志愿填的全都是上海的学校，我爸妈说什么也不同意。我问他们，他们说了一大堆理由，总之就是不希望我来。当时我们大吵了一架，到了用离家出走来威胁他们的程度。最后他们拗不过我，我这才来了上海上学。"

我挠着头，这样一来，阿南的推测又被全部推翻了。我瞟着阿南，他却好像丝毫没有困惑。

我们和沈洁分开后，阿南立刻让我找找人，务必把沈洁这套学区房历任房主的信息查清楚。

我有些不明白他的用意，不过还是找了一个路子很野的姐们儿三寻，让她想想办法。

三寻很快给我回话，她找到了一个熟人，认识那个小区楼盘的开发商。我很快就从她手里拿到了小区和历任房主的信息。

小区是1988年开始建的，都是混合结构六层楼房，在当年也算得上是中高档小区了。

阿南迅速翻着户主的信息，只见这套学区房的第一任户主名叫"沈斌"。

我愣住了，这下不用阿南提醒，我立刻给沈洁发了微信，问她认不认识叫沈斌的人。

她很快回复我："沈斌是我爸爸。"

我长舒了一口气，靠在沙发上。整件事的迷雾已经渐渐散开了。

我当面给沈洁看了学区房第一任户主的信息，告诉她，很明显她的父母一直在对她撒谎，隐瞒他们曾经在这里住过的事实，甚至一直在阻止沈洁回到这里。

为什么沈洁父母要骗她三十几年呢？当年到底出了什么事？

面对我的疑问，沈洁也是一头雾水。她唯一能确定的是，那个十岁的小女孩一定不是自己。

解铃系铃。阿南建议最直接的办法，就是沈洁邀请她母亲来房子里，让她亲自解开所有谜团。

沈洁仔细思考了一会儿，下决心般地点了点头。

沈洁母亲本来说什么也不愿意来上海，但沈洁以南南想见外婆为理由，软磨硬泡了好久终于把母亲诓来了。她跟徐伟说好，周末带着南南在她爷爷奶奶家住两天，然后便独自等待着母亲的到来。

沈洁去车站接母亲回家。出租车上，沈洁就瞟着母亲的反

应。母亲眯着眼睛看着窗外经过的街景，侧脸皱纹合拢又舒展
开。她脸上丝毫没有初次到来的新奇，而是充满一种恍如隔世的
感慨。

出租车快到小区门口的时候，母亲神色就明显不对了。出租
车停在小区门口时，母亲坐在那里完全愣了神。

"妈，到了。"

沈洁见母亲没反应，就给她拉开了门。母亲这才反应过来，
踉跄着下了车。一路上，沈洁对母亲描述着买房的整个经过。

"妈？"

沈洁见母亲半天没回音，试探性地叫了一声。

母亲似乎一个字也没听见，她双腿像灌了铅一样艰难地挪动
着。等到打开门的那一瞬间，母亲几乎瘫倒在地上。

沈洁搀住了母亲。母亲似乎瞬间老了十岁，白发像是一片霜
雪骤然落在头上。

她嘴里一个劲儿地念叨着："这是命中注定啊……怎么躲都
躲不掉。

"都是命啊……"

沈洁把母亲搀扶到沙发上坐下来。母亲缓了半天，才说出当
年的事。

1991年，沈洁的父母租了这间房子，带着四个月大的沈洁，
还有沈洁十岁的姐姐一起住了进来。

沈洁姐姐的小名叫"男男"。因为父母在她出生前,一直希望能生一个男孩。生下一个女孩后,他们有些失望,但还是决定把她当作男孩子来培养。

沈洁的父母对男男的教育极其严苛,一心要把女儿培养成才。那时候全国范围学钢琴的热潮刚刚起头,他们就斥巨资买来一台钢琴。男男只要偷懒或者弹错就要挨打。学习上也是这样,父母要求男男必须每次考试都是年级前三名。一旦跌出前三,男男就必须跪在房间里整夜反省。

有一回期中考试,男男的成绩破天荒掉出了前十名。父母心急如焚,叫男男拿上试卷带她去学校,找老师了解情况。他们得知男男最近似乎和一个男同学走得很近,课间经常能看到他们在一起说话。班上也有他们早恋的传言。父亲二话不说,当着老师的面就给了男男一耳光。

男男什么话也没有说,甚至没有哭。期末考试的时候,她的成绩回到了年级第一。父亲逢人便吹嘘,就是自己的这一耳光起到了效果。

父母的教育看起来颇见成效,男男成长为一个十分听话的优等生。她在学校一直是三好学生,在家里从来不和父母顶嘴,俨然一个别人家的孩子。父母常常为培养出这样一个优秀的女儿而得意扬扬。

父母不在家时,男男还负责照看沈洁。于是,男男这个名字还有她弹奏的钢琴曲"车尔尼299",就这样深深地烙印在沈洁的记忆深处。

母亲说，沈洁小时候只和姐姐最亲。她一哭起来，谁抱她都不好使，但只要男男抱着她她就立刻不哭了。

悲剧发生在不到一年后。

那天，男男像往常一样，照例放学回家。母亲让她帮忙照顾一下沈洁，自己就出门买菜去了。

一个多小时后，母亲回到家里，一连叫了好几声男男都没有反应，只听见沈洁一直在哭。她觉察出有点不对劲，这才注意到地面上有血迹，从厨房一直滴到卧室。

她慌了，冲过去推开半掩的房门，被眼前的一幕吓呆了。

房间四周的白墙上涂满了殷红的血，一股血腥味随着开门迎面冲上来。她看到男男穿着黄色连衣裙，躺在床边的一大摊血泊中。她尖叫着冲过去，喊着男男的名字。此时，四岁的沈洁就躲在床底下哇哇大哭着。

送到医院的时候，男男因为失血过多，抢救无效死亡了。警察调查了一番，告诉他们，男男是自杀的。

男男特意穿上了自己最喜欢的那条黄色连衣裙，用水果刀割断了左手动脉，没有留下一句遗言。

不过，奇怪的是，男男左手手腕上裹了一条毛巾，完全被鲜血染红，已经成了黑色。警察结合男男的性格推测，她割断了动脉后，发现鲜血喷洒了出来。她没想到血会这样喷出来弄得到处都是，肯定是吓坏了，就连忙去厨房拿了一条毛巾，裹在手腕上，希望能给父母减少点麻烦。

她连死都死得这么懂事。

父母说什么也不相信，男男那么乐观、那么开朗、那么懂事，怎么可能自杀！

他们到学校里去打听了一番，才从那位疑似和她早恋的男同学口中得知，男男的压力有多大。她已经多次吐露出自杀的想法，这一次只是她终于付诸实践罢了。

父母得知后五雷轰顶。他们带着沈洁离开了这里，重新开始生活。为了避免给沈洁造成心理创伤，他们决定在沈洁的记忆中彻底抹掉男男的存在。

他们藏起了所有男男的照片和用过的东西，一一告知身边知情的亲戚朋友，说好了这件事。

因为男男，他们彻底改变了教育方式，对沈洁一直是"散养"，从来不高要求，只要她过得开心就好。

老两口也真的守口如瓶，这么多年来从未在沈洁面前提到过姐姐。但当沈洁和他们大吵了一架离开家庭去了远方后，他们还是忍不住翻出了男男的照片，泪如雨下。

所有的谜团都解开了，原来不存在的钢琴声，是刻在沈洁童年时期记忆深处的。

那条黄色连衣裙，也是她童年里擦不掉的一抹亮色。

年幼的沈洁在床底下，亲眼看到了姐姐死去的情景，听到母亲叫着她"男男、男男……"

至于那盒磁带，是男男十岁生日那天，母亲偷偷录下藏起来的。她希望等到男男长大成才了，可以听到这盒磁带。因为母亲年轻时的声音和沈洁很像，这才产生了误会。

"我相信你肯定已经长大成人，成为一个特别优秀的孩子了吧。妈妈永远为你骄傲……"

再次听到自己的这段话，母亲泪如泉涌。

母亲后来终于把姐姐的照片寄给了沈洁。姐姐和女儿南南长得很像，难怪沈洁会在梦中把两个人认错。看着姐姐的脸，她努力回忆着，姐姐死前那一个多小时里到底发生了什么事。

但时间实在是太久远了。她已经说不清到底是真实的记忆还是她脑中的想象。那天或许是她缠着姐姐陪自己玩捉迷藏。姐姐便像往常一样，背过身去捂住眼睛数数。

沈洁平时一贯都是躲在父母的房间里，这次鬼使神差地跑到姐姐床底下躲了起来。她可能会窃喜这回姐姐根本找不到自己吧。

过了一会儿，她听见姐姐的脚步声越来越接近自己。就在她以为自己要被抓住的时候，姐姐却突然倒了下来……

得知这一切之后，沈洁思考了很久，和丈夫做了深刻的反思。他们把女儿叫到身边，把她当作大人一样开诚布公地谈了一次，倾听了女儿内心最真实的感受。

和南南谈话结束以后，沈洁忍不住抱紧南南，眼泪从眼眶中迸发出来。

　　她想起女儿出世那天。她看着哭泣的女儿，脱口而出喊了一声南南，从此这便成了女儿的小名。

　　至于为什么叫南南，她一直也说不出理由。

　　她喜欢看着女儿穿着黄色连衣裙，奔跑着欢笑着的样子。至于为什么，她一直也说不出理由。

　　但现在她知道了。

　　或许，她只是很想照顾南南吧。

　　南南伸出小手替沈洁擦掉了眼泪。

　　沈洁笑了出来。

　　只要南南一抱她，她便不会再哭了。

复　仇

富二代和女明星生子，不料生下的孩子是"鬼胎"

在过去的很长一段时间里，"养小鬼"十分盛行。

而利用邪术满足欲望的同时，不可避免要遵守一些既定的"规则"。一旦打破规则，则会招来灾祸。

这是我拍过的闪灵事件中，最为诡异的事件之一，以至于我一度对无神论产生了动摇。甚至连阿南这个战无不胜的人，都为此困扰了许久……

接下来我要讲述的这个闪灵事件，出自我2020年7月拍摄的一卷录像带，编号"TS047"。

摄影机就位，故事开始。

"我被鬼缠住了！"

我和阿南对视一眼。

面前的男人叫金钰珉，是广东一个很有名的富商的独子。

我之所以"见过"他，是因为他在两年前娶了很红的女明星齐玟。

当初，他们结婚的通稿占领了娱乐新闻的各个头版头条。

三个月前，齐玟生下儿子小金豆。

当时网络上一片祝福声，金钰珉还带着初为人父的喜悦，接受了媒体采访。

可是，三个月过去了，现如今的金钰珉神色枯槁，头发蓬乱，丝毫没有了当初的意气风发。

而让我尤为在意的是，他脸上明显带着病态。

"我的儿子死了，妻子现在患上了癌症，公司的经营也出现了危机！一定是那个鬼做的！它就是要让我们全家不得好死！下一个就是我！"

听到这里，我不禁有些无奈。

确实，几天前有媒体爆料，金钰珉和齐玟的儿子病逝，齐玟也因此病倒。

但这和鬼有什么关系？

虽然令人悲伤，但生老病死，常有发生。

"金先生，您可能是最近经历了太多打击，才导致迷信于鬼神一说。或许，我可以为你介绍一个做心理舒缓的地方……"

"不是的！不是我在发疯！是真的有鬼！"

金钰珉的情绪十分激动。

我想，此时此刻我或许不该跟他唱反调……

"好吧，金先生，那我能知道你们究竟是怎么招惹到了一只鬼，以至于它要让你们全家不得好死吗？"

金钰珉咽了咽口水，疑神疑鬼地看了看四周。

"都是因为我老婆，是齐玟，她养了一只小鬼……以前，齐玟的事业、公司的发展，都由它在保佑！但自从我的儿子出世，因为嫉妒，它就开始了疯狂的报复！"

哦？养小鬼？我以前只以为是网络上的传闻，没想到养小鬼这种事在娱乐圈还真的存在，不过……

"金先生，养小鬼虽然被大家传得很恐怖，但说实话，这只是大家祈愿的一种方法，并不意味着小鬼真的有逆天改命的能力。"

"不，不是这样的……"

金钰珉似乎想到了什么，打了个寒战。

"是真的，我有证据一定是鬼做的！殡仪馆的工作人员也能为我做证！"

有证据？这次，我是真的被勾起了兴趣。阿南也认真了起来。

根据金钰珉的叙述，小金豆病死后，尸体被他安放在了一家十分高档的殡仪馆内。

这家殡仪馆在当地很有名，设施齐备，并且带有配套的火化和买卖墓地的业务，安全性就更不用说了。

而诡异的事情，就这样发生了……

就是在这样一家带有360度无死角监控的殡仪馆内，小金豆的遗体在密封锁死的停尸柜里，诡异地不翼而飞了。

"这种事情是人可以办到的吗？一定是那个小鬼！是它爬进了停尸柜，吃了孩子的尸体！让我们全家不得好死！尸身无存！"

虽然我并不相信"小鬼食尸"的说法，但不可否认，这件事情的离奇程度确实超出了我的预料。

"拜托，只要你们能够帮我驱除那个鬼，多少钱我都愿意付！"

我和阿南对视一眼，决定接下这桩生意。

而在金钰珉语无伦次的叙述中，我也大致了解了发生在他身上令人背后发凉的闪灵事件……

事情还要从齐玟说起。

有关齐玟的成名史，唯有用"幸运"二字能够形容。

高中肄业后，齐玟因相貌出挑，身材性感，一头扎进了娱乐行业里。

齐玟的蹿红，热度经久不衰，让她成为人人称羡的对象。

然而，所谓的"幸运"，则是因为齐玟虽然业务水平一般，却是一个十足的话题女王，并且拥有无可匹敌的观众缘。

因为红，齐玟日入百万元，名利双收。同样因为红，齐玟本身也充满了争议。在很早之前，网络上就有"齐玟养小鬼"的传闻。

在出道的第十年，齐玟嫁给了金钰珉。

金钰珉虽然是富二代，却并不是一个不学无术的人。相反，金钰珉拥有高学历，经营着一家科技公司，专门研究机器人。两人的结合备受关注，成为大家口中的"金童玉女"。

两人结婚将近一年后，爆出了齐玟怀孕的消息。此后，小金豆出生，年轻夫妻变成了三口之家，一切都很美好。而就在齐玟产后复出后，网络上突然传出了一些异样的声音。

当时，小金豆身体生疮斑去医院就诊，被记者拍到了。

《齐玟养小鬼遭反噬，生下鬼胎！》《齐玟儿子口舌生疮，不似寻常病症》等标题迅速登顶热搜，舆论开始沸腾。

开始，金钰珉对此嗤之以鼻，同时，也深深认识到了舆论的威与恶。

但很快，金钰珉开始察觉到，一切似乎并非自己想象中的那么简单……

齐玟突然像变了一个人一样。原本的温柔清丽佳人，渐渐开始神色抑郁。有几次，金钰珉甚至看见齐玟在对着空气讲话。那种认真的样子，就好像她的对面真的坐着一个人一样……

当时的金钰珉还以为，齐玟的怪异行为是因为孩子生病，事业受挫。

有一次，为了陪伴、安抚妻儿，金钰珉特意提早回到家中。而正是因为这次"提早"，金钰珉目睹了诡异的一幕。

房间中回荡着念诵咒文的声音。金钰珉循着声音走过去，发觉这咒文竟是从齐玟口中传来的。而齐玟的样子，则令金钰珉感受到了彻骨的凉意。

原本熟悉的客厅一角，放置着一个小小的神龛。齐玟跪在神龛前，双手涂抹着一种黄褐色的油状物。整个人时而匍匐在地，时而闭目仰天，一股怪味从她身上散发开来，诡异骇人……

"你在干什么？"

金钰珉的声音唤回了齐玟的神志。看见金钰珉，齐玟的脸上终于露出了一丝慌乱。她匆匆将那个神龛收了起来，抱起不断哭闹的孩子。

"没什么，到我们家祭祖的日子了，今年回不去，就简单祭拜一下。"

即便齐玟这样解释着，但刚刚诡异的场景和空气中挥之不去的奇怪味道，却在金钰珉的心中蒙上了一层挥不去的阴霾。

深夜，金钰珉侧躺在床上，看着已经陷入熟睡的齐玟，忍不住回想起她刚刚的"解释"。其实这种"解释"，金钰珉还听到过很多次。

在和齐玟第一次约会，看见她将刚端上来的食物丢在地上一部分的时候。

在第一次去齐玟家，看见她家白天依旧遮着窗帘的时候。

还有在婚后，与齐玟一起布置房间，眼看着她特意在小卧室准备了很多小孩子的玩偶和衣物的时候。

那时候齐玟是如何"解释"的？

"吃饭要先丢在地上一部分是我们家的祖训，就像你们定期祭拜先祖一样……"

"因为我的职业特殊，很怕被晒黑，所以白天也要拉着窗帘……"

"单独准备房间放玩偶和小孩衣服，当然是给我们未来的孩子的呀……"

当时，正沉浸在爱情中的金钰珉并没有多想。而今，想到网络上有关"齐玟养小鬼"的传闻，他不禁背后生寒。

在各种复杂情绪的驱使下，金钰珉在黑暗中走到了那间摆放着许多小孩衣物和玩偶的房间门前。

刚刚，齐玟就是将那个诡异的神龛放在了这个房间里。

金钰珉平日很少进这个房间。如今一见，更觉得恐怖。所谓给"未来孩子"的衣服，全都是五六岁孩子的衣物。很明显，与小金豆一点关系也没有。那这些衣服究竟是给谁穿的？

金钰珉翻遍了房间的每一个角落，终于在柜子里找到了被隐藏的神龛。而神龛里摆放的东西也映入眼帘。

那是一个面带诡异笑容的陶瓷娃娃，黑暗中，瓷白的身体泛着冷光。看着带着诡笑的陶瓷娃娃，金钰珉忍不住打了个哆嗦。而就在他即将触碰到陶瓷娃娃的时候，一只冰冷的手拍在了金钰珉的肩膀上。

"老公，你在做什么？"

金钰珉猛然回头，齐玟面无表情地站在他的身后。两人离得很近，几乎脸贴着脸，能够感受到彼此的呼吸。

"咚咚咚……"

金钰珉心跳如鼓，扯起一个僵硬的笑。

"这是什么？"

"只是我们老家祭拜的一个福娃娃。"

"老婆，你不是在养小鬼吧？"

金钰珉干笑了两声。

齐玟关上神龛，拉上柜门，转而抱住了金钰珉。

"老公，不是小鬼，是福娃娃。你要相信，长期以来，都是它在保佑我们……"

耳边的轻声细语，面前温柔似水的妻子，却只让金钰珉感到恐惧。自己究竟娶了一个怎样的人？

紧接着，生活似乎恢复了正常。但看着齐玟，金钰珉时常还会感到不寒而栗。

很快，奇怪的事情再次发生了……

刚开始，是齐玟的资源开始极速滑坡，被曝光出天价片酬，偷税漏税。网络上对此一片骂声，嘲讽齐玟爱作秀，不敬业，四处捞钱，日入两百多万元不缴税。

紧接着，是小金豆的病越发严重了。

孩子病重得十分突然，从开始的哭闹，身体生疮，变成了高烧。再后来，高烧退了，但身上的疮斑却越发严重起来。

大夫开的药并不见效，金钰珉也没了办法。

"养小鬼""鬼胎"的网络传闻，再次在金钰珉心中翻涌起来。

"不如找个大师来看看吧？"

在一个深夜，齐玟说出了这个提议。而原本想要拒绝的金钰珉，却怎么也说不出拒绝的话。

第二天，金钰珉见到了齐玟口中的大师，一个头发半白的老者。

仪式就在金家的客厅内举行。

缭绕的烟雾中，大师和齐玟的身影都显得若隐若现。空气中开始弥漫起一阵令人作呕的味道，似是檀香，却又不完全是，令人难以分辨到底是什么……

金钰珉惊讶地发觉，在大师的安抚下，一直哭闹的孩子终于安稳了下来。

金钰珉对大师多了一丝信任，也对孩子产生了一丝怀疑……

很快，仪式开始了。那个小小的神龛又被齐玟端了出来，摆放在了客厅的一角。而金钰珉却被齐玟强硬地赶回了房间，理由是作法不宜有壮年男性在场，易冲撞。

就这样，金钰珉在卧室中坐立难安地等待了许久。直到外面喃喃的念咒声终止，金钰珉才偷偷打开了一条门缝。

外面，齐玟和大师的对话声传了进来。

"小鬼不同意你生养孩子，你偏不听！现在这孩子浑身溃烂，就是小鬼的报复啊！冤孽，冤孽啊……"

金钰珉只听到了这么一句。

接下来，大师和齐玟一同离开了别墅。

小鬼？真的有小鬼？自己的儿子，是被小鬼给害了？

金钰珉走到客厅，看着躺在摇篮里熟睡的小金豆。

孩子原本白皙可爱的面庞，布满了红黄相间的恶疮。金钰珉微微掀开孩子身上的衣服，看见有些疮口已经开始溃烂流脓。

想到大师刚刚的话，金钰珉直接吓得坐在了地上，干呕了起来。

一双赤裸着的、干瘦的脚走到了金钰珉身边。金钰珉抬头一看，齐玟正直勾勾地看着他。

"你都听到了？"齐玟的声音有些冷漠。

"你真的在养小鬼？"

齐玟没有回答，再次缓缓抱住金钰珉。

"老公，你别怕……"

"所以，孩子变成这样，都是因为那只小鬼？那你还不快把那只小鬼弄走！"金钰珉目眦欲裂。

"请神容易送神难，送走？哪有那么容易……老公，它只是因为嫉妒小金豆，跟我们开一个小玩笑而已……会有办法的。"

玩笑？金钰珉觉得不寒而栗。

是因为小金豆的出现，引起了小鬼的不满？被一只鬼报复，是玩笑？

金钰珉不敢再踏足这间诡异恐怖的房子，也不想看见时而喃喃自语、时而尖叫癫狂的齐玟。

就这样，当金钰珉再次踏入家门的时候，小金豆已经死在了摇篮里。而齐玟苍老、枯瘦地跪坐在神龛前，割破的指头上还流着血。小金豆的尸体，疮口因溃烂还流着脓水，十分骇人。

金钰珉因为儿子的死痛苦万分，决定找高僧来为孩子超度。但没想到，小金豆的尸体在锁死的停尸柜里不翼而飞了。

金钰珉想到了那只意图报复的小鬼，如果不是它吃掉了小金豆的尸体，尸体又怎么会凭空消失？

紧接着，金钰珉经营的公司开始频频失利。而齐玟也确诊了肝癌晚期。整个金家蒙上了一层死亡的阴影。

走投无路的金钰珉，最终找到了我和阿南。

发生在金钰珉身上的一切，确实带着古怪的色彩。

对于养小鬼，我查找了许多资料。

首先，养小鬼的人似乎有很多规矩。比如，用餐喝水前，要先投喂小鬼；比如，要给小鬼准备衣物、玩具；再有就是房间尽量不见光，给小鬼提供好的居住环境。这与金钰珉所形容的齐玟的生活习惯十分吻合。

而因为小鬼的嫉妒心很强，养小鬼的人轻易不能够生孩子。一旦违背与小鬼的约定，势必会遭到小鬼的报复。这也与金钰珉的叙述十分相像。

但在我看来，这些"规矩"都是杜撰出来的。金家所发生的一切，人为的可能性远比鬼要大得多。

而直到抵达了金家，我才渐渐发觉，事情并没有我们想象的那样简单……

金钰珉带着我和阿南走进金家别墅。房间昏暗，窗帘紧闭，迎面扑来的气味将我熏得差点吐在当场。

这就是金钰珉所说的那股味道，该怎么形容呢？就像在檀香中混杂着一股腐烂的腥臭，带着刺鼻的、呛人的火辣感，令人倍感不适。

"这是什么味道？"

我憋着气询问阿南。而令我惊讶的是，阿南的脸上第一次露出了惊愕、厌恶的表情……

"是尸油被点燃的味道……"

我打了个寒战，难道齐玫一直在家烧着尸油？

我们径直穿过玄关，走到了空荡的客厅。

"那是……"

金钰珉被吓得脸色惨白。我也难以控制自己惊愕的表情。

由于紧张的情绪外泄，我甚至在无意识之间伸手抓住了阿南的衣摆……直到看见阿南鄙视的目光，我才尴尬地抽回了手。

客厅的中央供奉着一个神龛，而围绕在神龛四周的，是一圈用血画着的咒文……

这似乎是在举行某种仪式。

阿南跨过那些血色的符文，径直站在了神龛前。

冷白的陶瓷娃娃，带着诡异的微笑，看着我们。

为了"雪耻"，我紧跟着阿南上前，仔仔细细地观察着神龛及其四周。

似乎除了尸油有些骇人恶心外，其他的也并没有什么。

我和阿南简单查看了一下整个别墅。

说实话，这间房除了被人为布置得古怪了一些，我并没有发现任何与"鬼"有关的异常现象。这也使得我对"小鬼报复"一说更加嗤之以鼻。

对于小金豆的死和齐玫的病因，我和阿南的推测十分一致。正是因为齐玫沉迷于养小鬼，所以要遵守各种所谓的"规矩"。房间门窗紧闭，屋里不见风，也不见光。婴儿身体脆弱，免疫系统没有成年人强大，在闷热、阴暗的环境里，很容易患上皮肤病，久治不愈的根本原因，就是居住环境没有能够得到改善。

而小金豆病情的恶化，完全是因为齐玫的进一步疯魔。在这样不通风的环境里，长时间燃烧尸油和熏香，致使房间内的环境更加恶劣。

尸油当中的有害物质很多，能够致癌。成年人长期处于这种环境下都难以承受，更别说刚出生不久的婴儿。小金豆身上生疮流脓，齐玫患癌，其实都来源于此。

"你在找什么？"

阿南站在神龛前，似乎在找什么东西。

"我在找小鬼。"

找小鬼？明明就没有小鬼……我疑惑地看向阿南。有一瞬间，我甚至认为他是因为我刚刚的"意外表现"报复性地故意吓我。

"养小鬼的人，一般都会将小鬼的尸体供养起来，以示虔诚。"

"尸体？"我惊呼出来。

阿南缓缓拿起那个陶瓷娃娃，从陶瓷娃娃的底部，揭开了一个蜡封。

金钰珉踉踉跄跄地走了过来，看着阿南从陶瓷娃娃腹中取出了一个小小的红布包裹。

随着阿南揭开红布，当中的东西终于展露在我们眼前。

"嘶……"

我猛抽一口冷气，只觉得四周布满了阴森的凉气。

红布内，是一个半掌大的、蜷缩着的婴儿的干尸。最为诡异的是婴儿干尸上附着着一层金箔，似乎还带着血色……

"镀金婴尸。"

阿南咬牙解释道。

镀金婴尸，也就是俗称的"养小鬼"。将刚刚成形的胎儿从母体中取出，用特殊的方式制作成干尸，以金箔包裹，就形成了所谓带有法力、能够改变人气运的"小鬼"。

金钰珉死死地盯着这具小小的干尸，毫无血色的脸上突然泛起一阵潮红。

"是它……就是它！快把它消灭掉！"

我很无奈。

"金先生，冷静一点。你看，这只是一个婴儿的尸体，它是被人恶意制作成这个样子的。"

阿南将镀金婴尸捧在手中，端详着。

"这应该是一个检查出先天残疾的胎儿，被引产后，有人将它恶意做成了镀金婴尸。它没有法力，也不存在报复一说。"

"残疾？你怎么知道？"

"很明显，这具镀金婴尸缺少一只脚。"

原本情绪已经稳定的金钰珉，在听到阿南的话后，再次激动了起来。他冲了过来，看着阿南手中的镀金婴尸，神色不断变换，似愧疚，又似恐惧。

"金先生，你是不是知道这具镀金婴尸的来源？"阿南开口询问。

"我不知道，我只是怀疑……这……这好像是我和齐玟的第一个孩子……"

什么？我震惊地看着金钰珉。

原来，金钰珉和齐玟结婚不久后，就有了第一个孩子。

而在齐玟怀孕五个月的时候，胎儿被检查出了先天残疾，少了一只脚，所以进行了引产。引产后，齐玟带走了孩子的尸体。

当时，金钰珉虽然觉得有些奇怪，却并没多想，只以为是齐玟伤心失去孩子，想要亲自为其办理后事。

而联想到这些，这具镀金婴尸的身份自然就不言而喻了……

齐玟的种种行径比鬼更让我感到恐惧。

"一定是它因为无辜遭受了这一切，所以才要报复我们的，是不是？”

离开别墅前，金钰珉还在疯魔地说着胡话。他显然已经被吓到崩溃。

我和阿南也沉默了许久。

这整个事件中最诡异的地方是殡仪馆。

如果说之前发生的一切，都是介于人力与鬼论之间，那么发生在殡仪馆的事，则真正可以被称作不可思议……

所以，在到达殡仪馆的时候，我甚至产生了一丝紧张的情绪。

同金钰珉所说的一样，这家殡仪馆不论从环境还是设备来看，都是十分高档的。至少我是第一次见到需要安检才能进入的殡仪馆。

来接待我们的是一个叫朱封的男人，二十七八岁。他就是金钰珉所说的人证。

在朱封的带领下，我们进入了殡仪馆，进行了安检。将随身携带的电子设备、背包交给朱封，我们陆续通过了金属探测门。

“我很好奇，有必要这么麻烦吗？”

“当然。我们殡仪馆所接待的客户，大多是非富即贵。客人们花费了高昂的费用，我们当然要提供最舒适、最安全的环境。”

难怪。所以尸体在这样一家殡仪馆中消失，才会显得如此古怪吧。

很快，我们走到了停尸间。一排排的柜子呈现着雪白的颜色，上面雕刻着微微凸起的白色编号。

"这里的停尸柜都是从专业的品牌方定制的，形式、规格都能达到国内顶尖水平。低温冷藏，可以保证尸体不会腐坏。停尸柜的钥匙是特制的，每一个柜子只有一把。这个就是孩子尸体消失的43号柜……"

我和阿南上前查看，并没有发现任何异常。

根据金钰珉和朱封所说，存尸当日，是由朱封亲手将孩子的尸体放置进43号柜的。此后，朱封按照正常的操作流程，锁上了柜门，将唯一的钥匙交由金钰珉保管。

直到两天后，金钰珉带着钥匙来取尸，准备超度火化。当打开43号柜的时候，金钰珉才发觉小金豆的尸体凭空消失了。

"会不会是有人偷盗了尸体，意图勒索？"

"不会的。我们查看了监控，除了工作人员存取尸体进入过停尸房，并没有其他人进入过这里。而且，工作人员也并没有接触过43号柜。况且，也并没有人勒索我！"

"那会不会是有人删减了监控？"

"应该……不会吧？监控室有专人管理，一般人是进不去的。"

朱封皱着眉头。

此后，我和阿南耗费了很多时间，逐一查看了监控视频。通过视频来看，一切并没有异常，从朱封放尸体，到金钰珉取尸体时发现尸体消失，中间也没有发现任何异常，而监控视频也并没有删减的痕迹……

调查陷入了诡异的僵局。

如果说之前小金豆的死、齐玟生病都能够用科学来解答的话，那么"尸体失踪"似乎已经超出了人类能够踏足的范畴。就连长期以来，以碾压的姿态轻易拆穿了许多闪灵事件的阿南，也为此困惑不已。

做出这一切的，究竟是人是鬼？如果是人，又会是谁？与金钰珉有利益牵扯的仇人，还是和齐玟有竞争关系的对手？

深夜，我和阿南翻阅着有关金钰珉和齐玟的资料，以及各种报道。

"你有没有觉得哪里不太对？"

阿南的突然发问，让我微微一愣。

"哪里不太对？"

"你看这篇报道。"

简单翻看了阿南发给我的新闻报道。上面只是夸赞齐玟"拼命三娘"的工作态度，虽然新婚，但婚后一年的时间里，接下了三部大制作网台剧，参加了诸多综艺……

"有哪里不太对吗？"

"时间！按照金钰珉的话来看，齐玟在他们结婚不久后就怀孕了，并且一直到五个多月，检查出孩子先天残疾，做了引产！

而根据网络上的报道，齐玟婚后接下了大量的工作，曝光度不减反增。这真的会是一个孕妇该有的生活、工作状态吗？"

阿南的话点醒了我。照常理来说，从怀孕到引产，齐玟至少在大半年内是处于无法工作的状态的！而她在同一时间，接下了大量的工作，当中甚至有很多武打戏份。而在激增的曝光度中，齐玟并没有露出一丝孕相。

齐玟所表现出来的根本不像是一个孕妇！而如果齐玟没有怀孕……那么小金豆……

"代孕！"

我和阿南异口同声，从没有过这么默契。

看来，金家还隐藏着一个更大的秘密。

"是的，那两个孩子，确实是我和齐玟从国外代孕来的。"

虽然是家宅私密之事，但金钰珉最终还是向我和阿南坦白了一切。

"我不知道你们为什么一定要查代孕的事。我找你们来明明是为了驱鬼！"

"金先生，这件事情的幕后人，究竟是人是鬼，现在还没有定论。"

"如果是人，那他一定是抱有某种目的，才会费尽心机偷盗尸体。而如果孩子是代孕而来，那么，代孕母就存有极大的嫌疑。"

金钰珉愣了愣，陷入了沉思。

"金先生，会不会是那名代孕母对孩子产生了母爱，在得知孩子死后，才极端地偷取了孩子的尸体？"

"我记起来了，小金豆刚刚出生的时候，那个代孕母确实跟我们协商过，解除合约，由她抚养孩子。只是当时被我们拒绝了……"

根据金钰珉给我们的信息，那名代孕母叫夏小白，24岁，孤儿，辍学后去东南亚打工，因为穷，成了一名代孕妈妈。

金钰珉和齐玟的两个孩子都是由夏小白代孕的。

在第一个孩子引产后，夏小白曾提起过解除合约，当时闹得有些不愉快。后来，中介出面，夏小白的态度有了转变，进行了第二次代孕。

小金豆出生后，夏小白几次找到金钰珉夫妇，希望能够由她抚养孩子。只是最终因为合约，也因为金钰珉和齐玟的强硬而放弃。

在去找夏小白的路上，我利用爬虫软件在网络上搜索到了夏小白的社交账户，并翻看到了她的隐藏日志。

她所记录的，与金钰珉所说基本一致。因为中介的强硬和高昂的违约金，夏小白连续进行了两次代孕。而抚养小金豆的希望破灭后，她只能偷偷了解孩子的状况。

在夏小白记录的最后一篇日志中，她已经得知了小金豆的死讯。在绝望和痛苦中，夏小白写道：

"我犯下一个错，造成了不可挽回的后果。但无论如何，我都想再看那个孩子一眼……"

我想，我们已经十分接近答案了。可以基本确定，夏小白就是偷走尸体的人。而原因，就是想要再看孩子一眼。至于夏小白究竟是怎么做到的，大概只有找到她，才能解开这个谜团吧！

很快，我们赶到了夏小白在国内租住的房子。而真正的恐怖才刚刚开始。

夏小白在几天前的夜晚，跳楼自杀了。而她的死亡日期正是小金豆病逝那天，她写下日志之后……更离奇的是，就在夏小白死后一个深夜，她的遗物神秘消失。

是的，就是消失。

根据房东所说，没人看见有人进来，也没人听到任何声音。房门紧锁，里面的东西就这么消失了。

我不禁打了个寒战，金钰珉更是被吓得瘫坐在地上。

"夏小白也遭到了小鬼的报复！我就知道！我就知道没人能躲过！"

就在这样惶恐不安的气氛中，阿南拿着手机走了回来。

他是什么时候出去的，又做了什么？

"走吧，一切都已经真相大白了。"

什么？

似乎看出了我的疑惑，阿南扬扬得意地笑了笑。

"其实我早就有了一个猜测，只是出于一些原因，没能得到证实。刚刚我联系了三寻，现在已经拿到了结果。"

就这样，我带着疑惑跟着阿南，再次来到了那家殡仪馆。

"为什么要来这儿？"

"你知道夏小白的尸体存放在了哪里吗？"

"难道是这里？"

我震惊了。

"是的，今天就是夏小白被火化的日子，我们也来送送她吧。"

"你到底在搞什么鬼？"

来接待的人依旧是朱封。看到我们，他似乎十分惊讶。

"你们……"

"朱封先生，我们这次是专程来参加你前妻的葬礼的。同时，也是为了拿回那个孩子的尸体。"

朱封的前妻？我们明明是来参加夏小白……难道？

我震惊地看着阿南和朱封。

"我听不懂你在说什么。"

"只要打开夏小白的停尸柜，一切就都真相大白了，不是吗？"

我审视着朱封，看着他从惊讶，到无奈，最后只剩颓败。

这一切究竟是怎么回事？

"我一直在想，能够无声无息偷走尸体的，除了接触过柜子和尸体的你和金钰珉，再不会有另一个人了……

"此前，我之所以想不通，首先因为金先生是当事人，而他的恐惧也并不像作假；其次，是朱封先生，你看起来是一个跟此事毫无关联的人，我并没有理由怀疑你。

"直到我得知了有夏小白代孕一事。当时我就在怀疑，即便是夏小白偷盗尸体，在没有帮凶的情况下，也不可能完成。

"而在得知夏小白死后，遗物消失不见，我就更加确认了这个推测。

"能够为了夏小白偷盗尸体，并且知道她住在哪里，有着她家钥匙，又想要留下她的遗物作为纪念的人，一定和她有着很深的关系。但夏小白是一个孤儿，那么最有可能的，就是情侣、夫妻这种亲密关系。

"所以，我托人调查了夏小白。"

原来，夏小白和朱封曾经是夫妻关系，在两年前办理了离婚手续。原因自然是代孕。根据中介的要求，代孕母必须为单身。所以朱封和夏小白假离婚，希望通过代孕改变贫穷的命运。

后续的一切，就如同之前的推测一样，夏小白因为小金豆的死，愧疚自杀。

而为了完成夏小白再见孩子一面的遗愿，朱封设计偷盗了孩子的尸体。

所谓的尸体不翼而飞的诡计其实十分简单。

小金豆的尸体从始至终，根本就没有存放在43号柜中。朱封从一开始，就将孩子放在了夏小白使用的42号柜里，并将42号柜的钥匙交给了金钰珉。而由于柜体的序号与柜子是同色系，又紧紧相邻，通过摄像监控，根本看不出端倪。

在金钰珉来取尸体准备火化的时候，朱封通过安检，将金钰珉保管的42号柜钥匙偷换成43号柜钥匙。这样一来，金钰珉顺利地用43号钥匙，打开43号柜。而43号柜从一开始就是空的。

我想，小金豆的尸体，现在应该和夏小白的尸体放在一起。

如果没有我们来阻止，现在这两具尸体应该已经被一起火化，最终葬在一处。

朱封想做的，就是让夏小白心心念念的孩子，在死后能够一直陪在她的身边。

不久后，齐玟死于肝癌。

在齐玟的葬礼上，我再次见到了金钰珉，他比之前精神了许多，迎来送往，粉饰太平。

听说，金钰珉的公司已经逐渐开始好转。

不论他怎么想，事实上，经营永远不可能一帆风顺，赢利和亏损都是必须面对的事情，只是刚好它发生在了那敏感的时间，触碰到了金钰珉脆弱的神经……

点燃一支烟，我久久回不过神来。

想着迷信成魔的齐玟，想着自杀而亡的夏小白，想着浑身溃烂而死的小金豆，想着被制成干尸的那个胎儿。

生命不再承载着期望和喜悦，反而被标上了价码，成为交易链中的一环。

而最令人恐惧和胆寒的是，这只是冰山一角。还有更多准备踏上这条路或是已经踏过这条路的人，他们站在高处，漠视着生命。

就好像生命并不重要，重要的是他们是否需要……

出　轨

想要活命，只能离婚

接下来我要讲述的这件闪灵事件，出自我2020年11月拍摄的一卷录像带，编号TS051。

摄像机就位，故事开始。

"有一种人，活着的时候抢别人老公，做小三；死了以后，还是要抢别人的老公，做一个鬼小三。"

听到这话的时候，我和阿南不禁觉得有些荒唐。

面前的女人打扮得十分体面，单手夹着一根女士烟，整个人带着一丝朦胧。

她是我和阿南接手的最奇怪的委托人。

她叫Mary。

她的奇怪之处在于她异于常人的淡定，提及"捉奸遇鬼"，她丝毫没有慌乱、惊恐。

"您真的认为对方是鬼吗？"

"当然，我和我的闺密Fannie都亲眼看见了她。"

Mary的状态实在不符合常理……

我想是我的表情暴露了我的内心，她似乎看穿了我的想法。

"其实刚开始的时候，我怕极了。但如果你知道后来发生了什么，就会明白我为什么不怕了。"

我看了看阿南，同样在他眼中看见了好奇。

而当了解了事情的全貌后，我们才明白了她为什么不怕。

一切还是要从Mary的丈夫老刘说起。

老刘是个导演。科班肄业，学艺不精。无才华，无本钱，无背景。

这样的"三无导演"也能一年赚上小一千万，完全是靠Mary。

当然，Mary实际上也没什么特别的本事，无非是家里有人在省文化口当官，批了不少政府项目给老刘。

Mary嫁给老刘时21岁，如今恰好七年。如果要她来形容自己的婚姻，那便只剩下"爱过"二字。曾经"爱过"是真的，如今"毫无感觉"也是真的。

但即便已经"无感"，Mary和老刘也依旧维持着表面平静的婚姻关系，毕竟离婚成本太过高昂。从"夫妻"走到"合伙人"，离婚容易，散伙很难。

但终于有一天，这份"表面平静"再也无法维持下去了。他们之间，出现了一个第三者。

一切，终于朝着最"可怕"的方向发展下去。是真的"可怕"——会见鬼、会死人的那种。

刚开始察觉到老刘出轨，是因为一张花店提货单据。

Mary经营着一家花店，但很明显，老刘的这张单据并不来源于她的店铺。

如果是正常情况，妻子开着花店，他又何必到别处去买花呢？

更何况买的还是"999朵香槟玫瑰"。

在经历了短暂的慌乱、愤怒等复杂的情绪后，Mary联络了自己的闺密Fannie。

Fannie姓高，是个混血，是个极爱生活的女人，保持着每周买一束鲜花装点家里的习惯。

而Mary的鲜花店就开在Fannie所住的高端国际社区内。

花店在七号楼底商，Fannie家就住在七号楼里。

久而久之，Fannie从Mary的"邻居"变成"常客"，又从"常客"变成了"闺密"，两人几乎无话不谈。

Fannie有着令人羡慕的完美婚姻。

她的丈夫姓"房"，是个少见的姓氏。

房先生是一家律所的合伙人，专门做公司上市业务，很能赚钱。长相可以参考台湾演员邱泽。

他们的爱情故事如同童话。就好像工藤新一和毛利兰，从小青梅竹马，最后修成正果。

他们没有孩子，Fannie依然选择在家当了全职太太，因为

"不喜欢上班，也懒得做生意"。

她有钱，也有闲。

也正因如此，Mary第一个想到找她来倾诉，而她也有足够的时间陪Mary一起"捉奸"。

没错，两人商量后，还是决定去"捉奸"。

收货单据毕竟无法作为老刘出轨的确凿证据，不论事情之后如何发展，当务之急是确认第三者究竟是谁！

然而说起如何捉奸，那就是另一门"学问"了。

手撕渣男、拳打小三固然爽快，却终究不够体面，也无法让非过错方获得更多的赔偿。

在与Fannie商议后，Mary决定先按兵不动。

一边维持与老刘的关系，一边在他的车里安装GPS，先拿到实证为上！

很快，GPS定位器战术就取得了成果。

两天后的晚上，老刘借口要去公司开会，从家离开后，却直奔一家知名的五星级酒店而去。

这家酒店之所以"知名"，是因为该酒店的特色是"床睡起来特别舒服"，因此有"偷情胜地"之称。

Mary和Fannie一直跟着老刘，亲眼看见他搂着一个穿着旗袍的美女，有说有笑走进了酒店大堂。

不得不承认，那是个非常美丽的女人。一身黑底绣金线的旗袍，更是将她衬得凹凸有致。

Mary愣愣地看着两人，复杂的情绪涌上心头。

"别愣着了！还不赶快拍照？"

听见Fannie的话，Mary也回过神，连忙拿起手机拍照留证。

"万一……我是说万一，老刘只是带她来谈一些工作上的事情呢？毕竟他是导演……"

Mary手上的动作没停，言语中却透露着迟疑。

"知道"和"见到"，终究是有区别的。七年的婚姻，说没有一点不舍是不可能的。

"别再安慰自己了，他就是出轨了。"Fannie笃定地说道。

顺着Fannie手指的方向，Mary看见老刘带着旗袍美女走进了电梯。

电梯门关上后，两人走近了些，看着电梯停在了八层。

"这家酒店4楼以上全是客房。你老公带着那姑娘要干吗，明白了吗？"

Mary沉默地点了点头，明白得十分彻底。

偷情胜地，名不虚传。

"接下来我们该怎么办？不如直接上去捉奸好了？"

这一回，Mary没有听从Fannie的建议。相比冲进酒店房间，她已经有了更好的对策。

老刘与小三约会后，势必会送她回家。

与其大闹一场，不如暗中跟着老刘，摸到小三的住处"私下解决"。

这样至少能体面一些。

等待老刘和小三"完事"的时间，两人去附近吃了个饭。

而就在Fannie拿着Mary的手机，想要再仔细看看"小三"的长相的时候，诡异的事情发生了。

Mary的手机中，照片依然在，照片内的老刘也在，唯独那个身穿黑色旗袍的女人不见了。

"这怎么可能？我明明拍到了！"

Mary面色苍白地翻看着手机，Fannie也大惊失色。

"这太诡异了，她……不会是传说中的女鬼吧？"

Fannie干笑着看向Mary，虽然是调侃的语气，但声音中却带着一丝紧张。

她虽然是外籍，但在中国长大，对这方面的民俗传说也了解得不少。

"不是说女鬼的话，照相机是拍不到的吗？"Fannie继续道。

Mary强压下心中的慌乱。

"别开玩笑了，这怎么可能！"

"那这些照片又该怎么解释？"

两人都没再说话，直到GPS定位发出提示音。

GPS显示，老刘开车到南郊的某处后，没有逗留，直接上了高速，往他的导演工作室去了。

显然，老刘在南郊短暂停车的地方，就是那个"小三"的住处。

Mary和Fannie再次陷入了短暂的沉默当中。

南郊那个地方十分荒凉，很多公墓都在那边。

现如今，一个年轻艳丽的姑娘，疑似住在那种地方，怎么看都显得十分可疑。

"不然我自己去好了。"

Mary看出了闺密的恐惧，体贴地建议道。

但最终，Fannie还是不放心Mary一个人，壮着胆子与她一同前往了南郊。

车子顺着导航停在了目的地。那是一栋二层小楼，算是个小别墅。

南郊这一片，20世纪90年代时比现在热闹。有一段时间，机关大院就在这一片，开发商也跟风似的盖起了一些外销公寓。正因此，当年也曾有些"南郊要被开发"的消息传出。

但后来，机关大院搬走了，附近又接连建了几个公墓，日子久了，"开发"也就不了了之。2021年了，这里竟然还有人住？

乌云密布的大阴天里，Mary和Fannie突然觉得这栋小楼和那个旗袍美女一样，透露出一股孤零零、阴森森、鬼凄凄的气质。但如果就这样判定这里是鬼楼，却又似乎有些不妥。

为了搞清楚这一切，Mary率先上前敲门，敲了半天无人应答。

无奈之下，她只能试着按门铃。"叮咚"的声音响起。两人都有些意外，门铃没坏？那是不是证明真的有人住在里面？

一瞬间，两人刚刚因"有鬼"论而提起的心，都稍稍放了下来。

Mary持续不断地按着门铃，但门内却毫无动静。

就在两人以为那个女人或许是出门了的时候，一个身穿环卫服的大爷走了过来。

"你们两个女娃在这没人住的空宅子门口做什么？"

"空宅子？"一瞬间，两人心里都"咯噔"了一下。

老大爷看出了两人的诧异，沉声解释了起来。

原来，这是附近有名的"鬼宅"。

这栋小楼的来历，要追溯到20世纪40年代。

当时住在这里的女主人，是上海滩有名的高级交际花，不仅貌美，还拥有一副好嗓子。许多富商和政客都是她的座上宾。

其实她原本也不住在这里，这栋小楼原本属于一个林姓富商。至于她是怎么住进来的，那就是个十分俗套的故事了。

风靡上海滩的交际花想要从良，她从一众追求她的男人中，选了自己最喜欢的那个，然后便跟男人住进了小楼。

她以为男人会娶自己，但没承想男人已有妻儿，自己成了男人养在外面的"妾"。

久而久之，女人的精神状况越发不好，直到战争爆发，男人带着一家老小逃去了国外，唯独女人被留在了小楼。

再后来，她就自杀了。

环卫工大爷看着也有六十多岁了，据他所说，在他小时候这里就一直荒废着。而这栋小楼闹鬼的传闻，也是自他小时候就有的。

"那个女鬼，我们这一片儿的人都知道，好多人都见过。据说当年那个女人死的时候心里有怨气，化不开，就变成了女鬼，盘旋在这小楼里不走了。"

Fannie和Mary两人面色苍白，看着小楼，眼中满是恐惧。

"那女鬼，是不是一个穿着旗袍的女人，长得还挺好看的？"

"对对对，总是穿着旗袍，黑底绣了金线的。长得确实挺好看的，鼻子上还有一颗美人痣呢。"

穿着黑底绣金线的旗袍，无法在照片上成像，住在这样一栋荒凉诡异的小楼内。

一切的一切似乎都在印证，Mary与老刘婚姻中的第三者，不是人，而是鬼⋯⋯

"大爷，您⋯⋯见到过什么人来找过⋯⋯这个女鬼吗？"Fannie哆哆嗦嗦地追问。

"多了去了，几乎每隔几年都会有不同的男人来，这些男人肯定是被女鬼迷住了，真是不知死活。好像刚才还来过一个吧，穿着打扮都挺有派头的。"

Mary听到这里，立刻拿出手机找出了老刘的照片给环卫工大爷辨认。

"好像就是这个男人，穿着条纹西装。我不懂车的牌子，反正是开着一辆蓝色的小轿车。"

这一次，两人终于确认刚刚被女鬼带回小楼的男人就是老刘。

事情到了这一步，Fannie开始有些犹豫。

现在这种状况，最好从长计议，贸然进入这栋"鬼宅"似乎太冒险了。

而此时，Mary却与Fannie产生了分歧。

她还是无法完全相信"有鬼"论，不论如何她都还是想要见一见那个第三者。

最终，两人决定由Mary进入小楼，Fannie等在小楼外，两人保持微信视频通话，确认彼此的安全。一旦有问题，处于小楼外的Fannie立刻报警求援。

一切安排妥当，Mary再次上前敲门，这一次她的动作带上了急切，力道也重了许多。

没想到"咯吱"一声，门竟就这么突兀地开了一条缝隙。

一瞬间，两人都愣在了原地。

"有……有人吗？"Fannie颤抖着声音询问。

小楼内一片寂静，无人应答。

两人透过半开的门看向黑洞洞的房内，背后生寒。

终于，在犹豫了片刻后，Mary独自进入了"鬼宅"。

刚一开始时，一切都还很正常。

"鬼宅"内部整体的装修风格，十分具有年代感。

一楼是个大客厅，带上一厨一卫。二楼有三个房间，外加一个卫生间。

三个卧室中，看布局和家具能够确认最中间的主卧，就是女主人的房间。

和Mary想象的不同，整栋房子并没有那种很刻意的鬼气森森的感觉。

在主卧室梳妆台的边上，Mary找到了一个倒扣着的相框，里面有一张泛黄的老照片。

照片里的人就是那个旗袍女。

整个过程，Mary一直与Fannie保持视频通话，全程直播了小楼内的环境。

这里似乎也并没有什么异常，唯一的异常大概就是随处可见的厚重灰尘。这里确实不像住了人的样子，不论是厨卫，还是卧房，都丝毫没有人生活过的痕迹。

就是这样的没有异常，才更令人心慌。因为只有鬼生活的地方，才能丝毫不留下任何痕迹。

就在两人对此生疑的时候，恐怖的事情发生了。

空荡荡的房子里，莫名响起一阵脚步声！

"Mary，怎么有脚步声……是……是有别的人吗？"Fannie的声音都在发抖。

紧接着，脚步声越来越快，越来越乱，让人分不清是从哪个方向传来的。

　　更恐怖的是，伴随着越来越凌乱的脚步声，四周又隐隐传来了女人的笑声！那是一种仿佛恶作剧得逞时的窃笑。那声音仿佛飘浮在空气中一样，无比诡异。

　　"鬼宅"内的Mary和"鬼宅"外的Fannie都被吓坏了，两人尖叫着逃离了这里。

　　只是这份恐怖并没有伴随着她们的离开而消失。

　　在两人驱车逃离的过程中，Mary接到了一通陌生来电。电话另一端，是一个软糯的女声。

　　对方说，她是小楼的主人，也是老刘的情人。她说她看见了Mary和Fannie来自己家，但人鬼殊途，无法招待两人。

　　她的语气像极了许久不见的老友，温柔、平静。

　　但当提起老刘的时候，她的声音变了。

　　"阿刘是个很温柔体贴的男人。我和他是在'Moon'酒吧认识的，那是个红酒吧。那一天我穿得太单薄了，夜里有点凉，阿刘主动送我回家，还脱了外套给我披上。

　　"阿刘离开的时候，我吻了他。我对阿刘说，我要和他玩一个缘分的游戏，如果我们还能在酒吧相遇，我就把外套还给他；如果再也遇不到了，那他的外套，就当是送我的纪念品……后来呢，我们真的很有缘分，我们又在酒吧遇到了，我把外套还给他，还在内口袋里放了一张纸条，上面有我的联系方式和地址，就是你们刚才去的那个地方。

"我和阿刘彼此相爱，谁都不能分开我们。我一定要嫁给他，一定！你们快点离婚吧，我不做妾，只做妻！我不想杀人，我只要男人，你明白吗？"

我已经彻底惊呆了，就连一向淡定的阿南都露出了诧异的表情。

Mary苦笑着看着我们。

"其实刚开始的时候我怕极了，但现在我已经不害怕了……我离婚了。"

我和阿南对视一眼，都在彼此的眼神中看见了疑惑不解。

"这会不会太草率了？"我追问。

"这也是没办法的事。如果不离婚，她真的会杀了我。从我接到她的电话后，各种意外就不断发生。最开始是意外掉落的花盆，后来是刹车突然失灵。更可怕的是我从自动贩卖机里购买的矿泉水，竟然有毒……你们知道吗？我差一点就喝下了那瓶矿泉水！但离婚之后，这些意外就再没有出现过……"

"既然事情已经解决了，你找到我们又是为了什么呢？"

阿南的疑惑同样是我的疑惑。

听见这个问题，Mary的神色变得十分复杂。

"因为这件事情并没有彻底解决……在我离婚后，那个女鬼又缠上了Fannie……"

我看向阿南，这似乎已经成了我的习惯性动作，我总是试图从他的表情中判断事件的难易程度。

但这一次，我发现他露出了一种我从未见过的表情，似乎有困惑，又带着一种难以置信……

"你们会帮我查清这件事把？我不想Fannie有事！"

我和阿南接下了Mary的委托，但实话说我真的毫无头绪。

这件事怎么想都诡异得很，我有些好奇阿南的看法，只是不论我如何追问，他都还是一副神神秘秘的样子……

我有些生气。

直觉告诉我，他一定发现了什么！但我拿他真的毫无办法……我想我大概是世界上最卑微的老板了！

接下来的几天，我和阿南先是前往了Mary所说的"鬼宅"。

跟她说的一样，这栋小楼看起来并不阴森。

而且，不知道是不是因为我和阿南是两个大男人，那个"女鬼"全程都没有露面，我们也没能见识到Mary所说的异状。

"你说，这一切会不会是Mary的老公搞的鬼，为的就是能够顺利离婚？"

我灵光一闪，询问道。

但话一出口，我又不禁觉得自己有些犯傻。

如果是老刘搞的鬼，又怎么解释Mary经历的异象？其他的不说，单是从贩卖机中买来的水有毒，就不可能是人为造成的……

"难道真的有鬼？……"

阿南起身看向我，眼神中带着一丝丝我看不懂的异样。

"或许吧，但有时候你所认为的鬼和真正的鬼，其实是有着很大的差别的。"

在小楼中没有丝毫收获，随后，我们叫上Mary去见Fannie。

Fannie的精神状态明显不太好，对于我们的问话，她大多时候也都是一副恍惚的状态。

正在我对此感到苦恼的时候，Mary的电话响了。

就在刚刚，发生了一件让我们所有人都难以置信的事情。

老刘死了。

打来电话的人是Mary的前婆婆。据她所说，老刘在离婚后非常后悔。前一晚，他喝了酒，情绪变得十分激动，吵着嚷着要和小三分手。后来，老刘就冲出了家门。再回来时，整个人不知道经历了什么，显得异常落魄。当天夜里就犯了心脏病。因为身边没人，老刘吃错了药，当场猝死。

Mary的情绪也开始崩溃。

事情好像陷入了某种僵局，我有些苦恼地看着眼前的状况，不知所措。

"Fannie女士，你是怎么确定你丈夫已经被'女鬼'蛊惑了的呢？"阿南还是一如既往地冷静。

"我在他口袋里发现了'Moon'酒吧的会员卡，同时我还发现了一张纸条，上面写着一个电话号码和一个住址。"

Fannie拿出卡片和纸条，我看了看，上面的地址确实就是那栋"鬼宅"的位置。

"那你确定你先生已经和……'女鬼'在一起了吗？"

"当然。GPS、跟踪，我当然也都做了，我亲眼看见，我老公打开车后备厢，送了999朵香槟玫瑰给那个女人，看到他们抱在一起，看到我老公送她回到那个二层别墅……一切都和Mary经历的一模一样。"

事到如今，我真的有些迷惑了。

而就在我为此纠结的时候，阿南却突然开口。

"离婚吧，我和小北现在就送你回家，和你的丈夫商量离婚。"

我惊讶地看着阿南，不明白他为什么突然说这种话！难道他也默认了有鬼，连他也无法解决这件事情？

在送Fannie的路上，我一直想询问阿南的真实想法。但直到站在Fannie家门前，我依旧没有找到开口的机会。

阿南突然说："Fannie女士，我想了一下，离婚的事情还是先不要和你先生提了。明天还是这个时间，我们会来见你。有一些话，我们希望能单独和你说。"紧接着，阿南便拉着我离开了。

回到闪灵录像厅内，阿南让我帮他查找所有能够找到的关于鬼宅的信息。

我十分好奇阿南究竟要做什么，但不论我怎么问，他都只说"到了明天，一切就都清楚了"。

第二天，我和阿南单独见了Fannie。

Fannie整个人更加憔悴了，她看着阿南，眼神中充满了期望。

"阿南先生，您让我将我先生的手机拿给你，到底要做什么？"Fannie将丈夫的手机交给阿南。

阿南没有解释，只是让Fannie同时拿出她自己的手机，拨通Mary的电话。

"拨电话给她，就说你已经和先生谈妥了离婚，让她晚上出来陪你。"

Fannie虽然不解，但还是照着阿南的话做了。

与此同时，阿南拿着房先生的手机，不知道在操作什么。

Mary接通电话，在得知Fannie决定离婚后，沉默了许久。

她轻声地安慰着Fannie，但在Fannie提出晚上见面时，她犹豫了。

"抱歉，Fannie，今晚不行。我有一场重要的约会。"

Fannie挂断电话后，表情越发茫然不解。

而此时，阿南一向严肃的脸上却露出了讥讽的笑。

"走吧，我们去找出真相！"

在阿南的带领下，我们到达了目的地——Mary的花店。

我和Fannie都是满腹疑惑，但这份疑惑并没有持续太久。

我们进花店的时候，Mary已经精心打扮过了。她一只手正拿着一束刚挑选出的香槟玫瑰，另一只手端着一杯香槟小酌。看样子，她确实十分重视今晚的约会。只是不知道为什么，这个场景让我突然产生了一种怪异的感觉。

"Fannie，你怎么来了？太抱歉了，我今天真的约了朋友。"

看见我们，Mary显得十分惊讶。

"你不是约了朋友，是约了Fannie的老公吧？"

阿南低沉的声音，让整个空间瞬间变得非常寂静。

我和Fannie震惊地看着与Mary呈现出对峙局势的阿南。

"事实上，你才是Fannie老公的情妇，不是吗，Mary女士？"

伴随着阿南的话音落地，Mary的面色一片惨白。

原来，Mary一直很喜欢Fannie的老公，并且也勾引成功了他，成了他的情人。

Mary知道，房先生虽然和她出轨，但内心终究对Fannie的感情更深一些。因为是闺密，Mary十分了解Fannie，她知道即使房先生出轨，Fannie也未必会轻易离婚，所以她布下了一个巧妙的诡局。

Mary先用丰厚的条件，说服自己的老公离婚。然后提出一个条件，让他按照自己设定的剧本与另一个"女演员"上演一出大戏。

首先，Mary先拿着别家花店的提货单，向Fannie诉苦老公出轨。

然后，诱导Fannie说出安装GPS定位，并陪自己一起捉奸。

紧接着，在Mary的刻意引导下，两人目击了"老刘和旗袍女"所谓的约会。

而所谓的"旗袍女会在照片里诡异地消失"，也同样是个很拙劣的把戏。无非是提前先让老刘拍好了没有旗袍女的照片，存在了手机里。

最后，Mary将Fannie引去提前布置好的别墅。那里是Mary早就租下来的，并且让剧组的美术和置景把那里布置成了"鬼宅"的模样。

而所谓的"飘在空中的脚步声与笑声"，无非是在别墅的踢脚线里，埋了些微型音箱而已。这种东西，淘宝上到处有的卖。至于那个环卫工大爷，也是被雇来的龙套演员。

全员拿钱办事，丝毫没有技术难度。

"所以，什么女鬼谋杀，什么贩卖机里买到有毒的矿泉水，也是她自己编造的了？"

虽然我已经大概明白了一切，但却依然无法控制自己的惊讶！

"当然是她编的。她这么做，无非是想以所谓的'亲身经历'给Fannie植入一个概念——一旦老公被女鬼缠上，老婆不离婚，就得死。"

我震惊地看着Mary。

真的会有人为了一个情夫，编造出这样惊人的弥天大谎？

"然后，你开始策划让Fannie经历相同的事情，为了更加刺激她，你甚至找来了我和小北。"阿南嘲讽地看着Mary。

"其实在你眼中，我和小北只不过是两个骗子，你并不认为我们会拆穿你的诡计。你认为有了我们两个徒有虚名的'大师'，反而能够坐实'有鬼'论，进而刺激Fannie快速离婚。"

Mary面无表情地看着我和阿南，Fannie此时已经彻底惊在了原地。

"在我们与Fannie见面的时候，你又故意上演了一出'老刘之死'，一是为了让事情变得更诡异，二是为了合理地让剧本走到'女鬼落单，要勾引新男人'这个节点上。"

阿南停顿片刻，继续说道："你自以为是Fannie的闺密，非常了解她。确实，她性格有点软弱，也容易轻信别人。但你犯下了一个致命的，也是唯一的错误——就是找到我们。事实上，我从一开始，就怀疑你在自导自演。直到我让小北去调查'鬼宅'的信息，确定在半个月前，'鬼宅'曾被租赁。而租客，正是你，Mary女士。"

阿南拿出了房先生的手机，说："我让Fannie打电话给你，谎称说要离婚。然后我又用她丈夫的手机给你发了消息，约你共进晚餐庆祝。事实上，房先生虽然没有在场，但他从头到尾听完了我们的对话。"

阿南的话音刚落，房先生便一脸难堪地走进花店。

Fannie见到丈夫，情绪失控，失声痛哭。房先生没有犹豫，环抱住了妻子，连看都没有多看Mary一眼。

"Fannie，原谅我好吗？再给我一次机会。"

Mary的脸色已经铁青。

我有些惊讶地看着阿南，问："你是什么时候背着我偷偷联系了Fannie的丈夫？"

"秘密。"

我白了阿南一眼，这个人真的是一如既往地讨厌！

Fannie的情绪稍稍有所缓解，她红着眼睛看着Mary。

"你为什么要这么做？"

"我不明白，为什么你这种天真、无知的女人能毫不费力地拥有一段完美的婚姻。而我，兢兢业业地经营着，努力着，却只能找到一个蠢货……哈哈，事到如今，说什么都晚了。实话告诉你，我从一开始接近你，和你做朋友，就是为了夺走他。"

Fannie悲哀地看着Mary。

"Mary，我曾经确实拿你当作最好的朋友。比起老公，闺密的背叛让我更加伤心。"

"但你终究不会离婚，对不对？"

"不，你错了。出轨是零容忍的事情，我是犹豫过，但我绝对会离婚。只是我很庆幸，阿南和小北帮我在房先生的面前拆穿了你，他必须知道你那些肮脏下流的手段。我也一定要让他明白你究竟是一个怎样的女人。这就当是我对他最后的感情了……"

失　忆

不贞调查——来自平行时空的证据，我的出轨是一场"活见鬼"

伴随着一件件闪灵事件的解决，录像厅的名声在坊间打响了。

在这之后，免不了有许多稀奇古怪的委托找上门来，其中不乏许多"抓小三"的请求。

我不得不一遍遍解释，闪灵录像厅只调查各类扑朔迷离、难以解释的闪灵事件，"抓破鞋"不在我们的业务范围内。

但这一次调查出轨的委托，我无法拒绝。因为这位女士不是要调查她丈夫是否出轨，而是要调查她自己是否出轨。

怎么会有人怀疑自己出轨？难道她自己不知道吗？

是的，她似乎在茫然不知的情况下出轨了，还收到了来自"平行时空"的证据。

接下来我要讲述的这个离奇事件，出自我2021年3月拍摄的一卷录像带，编号"TS055"。

摄影机就位，故事开始。

这次的委托人叫闻菱，是一位冷感的气质美女，带着大家闺秀的端庄。只是眼底的青黑，让她显得有些精神不济。

但此时，我根本没有心思欣赏她的气质。对于她刚刚提出的请求，我错愕不已。

她在说什么？调查自己出轨？这难道就是夜路走得多遇见了鬼？

一瞬间，我体会到了被戏弄的感觉。

"我知道这样说，您会觉得我疯了。但我确实在自己并不知情的情况下……出轨了。"

闻菱极为苦恼，似乎不知道该如何解释这一诡异现象。

如果发疯，应该吃药看病，不应该来找我……

闻菱从包里拿出了一瓶药，吃了一粒。我忍不住眼角一抽。

"不要介意，我最近睡眠不好，经常头痛，这只是一些缓解头痛的药物。我去检查过，我并没有精神问题。"

被戳穿了心思，我有些尴尬。

"我和我丈夫张彦结婚七年，感情一直很好。可就在半个月之前，我突然收到了一条匿名短信。"

"匿名短信？"

"是的，对方声称是我的情人。"

"这种事情很好解决吧？如果闻小姐真的不认识对方，那就一定是骗子，何必理会他？"

"我刚开始也是这样想的，并没有放在心上。只是那个人并没有停止对我的骚扰，反而变本加厉。

"最可怕的是，他能很准确地说出我的一些特殊印记……我指的是一些私密处的……印记。"

闻菱面色泛红，与一个陌生男人谈论这些隐私，一定让她格外羞耻。

我渐渐认真了起来。

"这个人对我很了解，不论是家庭，还是生活。似乎有另一个我，将自己的一切向他全盘托出。"

"这也未必吧，家庭、生活，包括个人习惯上的细节，其实都是可以通过调查手段获取的。"

"是的，可是更诡异的事情很快就发生了。"

说到这里，闻菱的脸色迅速苍白了起来，整个人陷入了一种带着神经质的惶恐中。

"他发给我一张照片，而照片上正是我和一个陌生男人在酒店的亲密照。我十分确定，我从来都没有和这个人发生过关系，我甚至根本就不认识他。你能理解我的感受吗？"

"闻小姐，那些照片能给我看一看吗？"

闻菱稍做犹豫，便拿出了手机。

我翻看着上面的照片，是闻菱与那个男人接吻的自拍照。

"有没有可能是PS的？"

"我找了一个精通PS的朋友，她没有见过合成得如此真实的照片。据她所说，除非通过司法部门的鉴定机构，否则很难辨别真伪。"

"这就证明，虽然有很大概率照片是真的，但也确实有PS的可能性。通过司法部门也是一个办法，为什么不试一试？"

闻菱苦笑着摇了摇头。

"首先，对方已经说了，一旦我报警，就会将照片公之于众。"

"闻小姐，被人威胁，最好的解决办法就是报警。"

"不可以，我不能让这件事情扩大。我的丈夫、我的亲人，包括我的事业，都无法经受我存在这样的污点。不论真假，他都会对我的生活造成影响。所以，这也是我来找你的原因。"

"我明白了。"

"这半个月的时间里，我一直非常惶恐。他经常会发一些消息给我，这个人似乎一直在监视我……"

我翻看着那个人给闻菱发的消息记录。

"咱们好歹也在一起那么久了，别这么无情啊！"

"你在洗澡？你还记得那一次我们在浴室一起共浴吗？你很热情，我还记得你大腿内侧有一块粉红色的胎记。"

"你说，如果我把我们两个的事情告诉你的丈夫，他会怎么想？"

诸如此类令人恶心的消息有许多，越看越让人心惊。

我似乎理解了闻菱超乎常人的敏感与多疑，换作是我，会更甚。

"我曾经一度以为自己人格分裂了。或者是真的存在平行时空，有另一个我做了这样的事情。

"我去看了心理医生，结果显示我只是压力过大，思虑过重，并没精神分裂。而现有科技，也并不能证明平行时空的存在。

"我真的没有出轨，但为什么会有这些消息？又为什么会有这些照片？顾青先生，我听说您很专业，您一定要帮我。再这么下去，我真的会被逼疯掉！"

闻菱看上去很不好，比起刚刚，她已经很像一个几乎发疯的人了。

"我要知道我到底有没有出轨！我要知道那个人究竟是谁！

"你要记住，这件事情，绝不能被第三个人知道！我要你在绝对保守秘密的情况下，帮我查清楚一切！"

我和她说明了闪灵录像厅的规矩，调查免费，但我要把整个过程拍下来制作成录像带，在店里小规模放映。当然，我会充分保护好她的隐私。

闻菱提出能不能付给我一大笔钱，不要拍摄了。

"不行，这是我们的规矩。"

闻菱犹豫着，最终还是缓缓点了点头。

送走闻菱，我立刻叫来了阿南。

根据我的分析，这件事情只可能存在两种发展方向。

一种是，照片里的男人说的是真的，闻菱确实跟他有过婚外情，只是因为一些意外忘记了。或者出于某种原因，闻菱隐瞒了事实，用以完成某个不可告人的目的。

但这种可能性很小，因为我确实难以想象她会如何从中得利。

另一种是，这是有心人设下的局，百分之五十的可能性是照片里的男人。

至于原因，一个人铤而走险做一件事，无非是为了达到某种目的。金钱、权力都有可能。但这个发消息的人，似乎对这些并不感兴趣。他更像是在有意地折磨闻菱。所以他是执行者的概率远大于是布局者的概率。

和阿南简单讨论后，我们定下了调查的第一步——彻底了解委托人闻菱。

闻家是做物流生意起家的，闻菱的父亲闻通海最开始是跟着亲戚朋友做上了这一行，后来自立门户。

闻菱是闻通海的大女儿，家里还有一个相差十几岁的异母弟弟闻佑。

闻菱在经营上极具天赋，多年来，一直帮助闻通海打理公司，并且把控住了部分产业。

按理说，闻菱一旦嫁给一个相仿的经商之家，就会失去家族企业的继承权。但出人预料的是，闻菱选择嫁给了自己的下属张彦。男方入赘，闻菱也顺理成章地继续执掌家业。

这样的情况下，闻菱千方百计想要隐瞒"自己出轨"的这件事，也就变得更加合乎情理了。

如果是为了家产，那么是不是可以说明，闻菱的异母弟弟闻佑颇有嫌疑？

但很快，我得知了闻佑远在国外求学的信息，调查闻佑并不现实。我只能将目光聚焦在闻菱身上。

根据那个人发给闻菱的消息来看，他对闻菱十分熟悉，并且能够经常"观察"闻菱。

那么跟踪闻菱似乎是现阶段的最优选。既能观察闻菱的行动和状态，确认她是不是"真的出轨"，又能顺便调查在闻菱周围出现的"异常"人。

同时，我直觉认为，闻菱出轨的照片里一定存在极有价值的信息。

第二天，我开始跟踪闻菱，当然，这次我并没有向她报备。毕竟，她不仅是我的委托人，也是我的调查对象。

闻菱的公司在CBD的一栋写字楼内，我无法进入。

但幸运的是，与写字楼相隔一条街的地方，是一个高档公寓楼。

我找到中介，租下了一间位置正对闻菱办公室的房间，用于观察。

闻菱一般在上午9点左右上班。

进入公司后，基本就是处理一些工作。所接触的人，除了秘书和一些部门经理，也就是前来洽谈业务的合作方。

有时会有一些应酬，除了一些商务上的饭局，也有一些私人聚会。只不过据我观察，当中并没有什么异常。

原本对于闻菱和她丈夫张彦的关系我是抱有怀疑的。

但接连几天跟踪下来，我不得不承认，这两人似乎真的生活得十分甜蜜。

闻菱虽然工作忙碌，却并没有因此忽略家庭。至少每周都会共享一次二人晚餐。偶尔闲暇，也会和张彦在小区内散步。

说实话，我所观察到的工作、生活中的闻菱，远比那天在录像厅的闻菱更加富有魅力。

我发现了不止一个人对闻菱抱有好感，比如一些合作方的老板，包括法务外包公司的律师。

我来了精神："这些人中有可疑的吗？"

阿南摇了摇头："这些人与闻菱的交往，都在正常的社交范围内，并不存在异常举动，连暧昧都算不上。"

事情进入了僵局。

我开始反思，是不是调查方向出现了问题？

又是一天中午，我用筷子戳着刚买来的黄焖鸡毫无食欲。

这是我接过最"苦"的一个委托……每天要窝在窄小的房间里，能够充饥的也只有黄焖鸡米饭。

毕竟在寸土寸金的CBD，只有黄焖鸡量足且便宜。我想，这次事件结束，我大概很久都不会再吃鸡了……

"你到底吃不吃？"

听见阿南的声音，我原本就郁闷的心情雪上加霜。再看他已经吃光了自己的饭，更是火大！

我在这里食不下咽，他倒是胃口大开！

见我没作声，阿南将我的那份黄焖鸡端到了自己面前。

"你不吃给我……"

"你还有心情吃？事情一天不解决，我们就要一直窝在这里！话说，你到底有没有什么发现？"

阿南闷头吃饭，我猜他是有发现的，但他一贯是这样藏着掖着……

就在这时，"叮咚"一声，我的手机响了。

是三寻打来的电话，看来我之前托她的事情有了结果。

"北哥，之前你说的事情，我帮你问了专业的人。能够做到以假乱真的合成照片，理论上是有的。在没有原始文件的情况下，辨别照片是否合成，一般是通过色彩差异、光源光照、分辨率大小、关键部位的图域分析。"

"所以，在以上条件全部满足，并且在无法拿到源文件的情况下，是存在以假乱真的情况的，是吗？"

"是的，但我只能说，这很难。除非是在同一时间、同一地点拍摄的照片。"

挂断电话后，我感到一阵疲惫。三寻确实带来了一些消息，但这并不能解决眼前的困境。

大概是看我真的很沮丧，一直闷头吃饭的阿南终于缓缓开口了。

"急是没用的，真相就在那里，我们总会发现。现在只是还缺少一个契机……"

阿南少有地说了这么长一串话，虽然只是一句安慰，并没有什么实际意义，但不知道为什么，我的心情突然好了不少。

后来想想，大概是我早已默认解决闪灵事件的核心是阿南。他如果沉默，我便会焦虑。

安下心后，饥饿突然席卷而来。没有丝毫犹豫，我抢回了属于我的黄焖鸡。

刚刚那些想法将会是我永远的秘密。做人家老板，总还是要些面子的！

事情出现了转机。

当晚，闻菱和张彦去了一家还算不错的西餐厅。

我和阿南挑选了一个距离两人很近却不易被发现的好位置。

没想到这家餐厅正在搞活动，全是一对一对的情侣。我们两个大男人坐在这里十分惹眼。服务员还不识相地过来向我们推销情侣套餐，被我一句"两杯水"给堵了回去。

我们和闻菱的座位被一面L形的转折墙体隔开。所以我不仅能够清晰地听到两人的谈话，还可以通过另一侧的玻璃幕墙观察到他们的一举一动。

用餐不久，隔壁传来两人的对话。

"老公，你还记得我的朋友Jessica吗？"

"记得，怎么了？"

"她身边最近发生了一件怪事。"

"什么怪事？"

"她在自己不知情的情况下，出轨了。"

"什么？你是在开玩笑吧？什么叫在自己不知情的情况下出轨了？"

我已经明白了闻菱的意图，她正在思考要不要对丈夫摊牌，先借着朋友提问，试探丈夫的态度。

果不其然，闻菱在叙述了事情的经过后，开始询问张彦的意见。

"老公，你怎么看这件事？"

"还能怎么看？一定是Jessica出轨了，什么不认识的情人，不过是她在说谎。"

"可是老公，Jessica不是那种会说谎的人。如果她说的是真的呢？"

"你觉得会有这么离奇的事情发生吗？一定是她出轨被对方纠缠，怕老公知道后跟她离婚，才编出这样的瞎话。"

"可如果她说的是真的呢？夫妻多年，连这点信任都没有吗？"

闻菱的声音已经一句高过一句，情绪也十分激动。

我透过玻璃幕墙，观察到闻菱的状况，细看下来，她的精神状况似乎比上一次见面时还要差。

我以为，张彦会说几句好听的话，安慰明显情绪不稳的闻菱。

而结果却令我惊愕。

"没有一个男人能够在看到老婆和别人的床照后，还选择相信。除非是个傻子。"

闻菱似乎有些失控，说了一句"抱歉"，冲向了洗手间。

张彦这个人，与我想象的很不一样。我以为他对闻菱会很温柔，毕竟他如今得到的一切，都来源于他的妻子。

但当闻菱离去时，我清晰地看到他的嘴角挑起一丝嘲讽的笑意。

一瞬间，我触摸到了那一丝不寻常。

"亲爱的，今晚你来找我吗？"

一个女人娇滴滴的语音从旁边传来。

我透过幕墙看过去，声音的来源正是张彦的手机。

而此时的张彦正带着笑意，打字回复对方。

我和阿南警惕地交换了眼神。

我虽然没有查清委托人是否出轨，却发现了委托人的丈夫有一个秘密情人。

张彦会不会和闻菱身上所发生的"怪事"有关？他会不会就

是那个在幕后操控一切的人？

据此推导，一切都渐渐地"合理"了起来。

张彦了解闻菱的一切，能够获取别人难以获取的信息。

"那么如果真的是张彦，他的目的是什么？"

面对我的疑问，阿南思考着："现在下结论还为时过早。但不管怎么说，张彦和闻菱身上发生的一切一定有着千丝万缕的关系。"

我们迫不及待地开始调查张彦。

张彦家里的情况比我想象的要复杂一些，他并不是一个单纯的软饭男。

张家以前也是做生意的，小有资产，而张彦也是作为一个标准的富二代被养大的。只是在张彦大学毕业后，张家的生意出了问题，破产了，张彦才结束了他灯红酒绿的生活。

后来，张彦进入闻菱的公司，靠着人帅嘴甜吸引了闻菱的关注。

两人结婚后，张彦借助闻菱的关系，快速完成了几个大项目，成为公司的管理人员。

据我们走访的人所说，两人感情十分好。但就是太好了，反而让人觉得不真实。

世界上不存在多年如一日，丝毫没有波澜的甜蜜婚姻。

接下来，我顺着张彦，很快查到了他的情人万琳的信息。

张彦和万琳是在一次商务派对上认识的，当时的万琳作为派对经理人负责接待。

这个女人很有手段，不但长得美艳，还很懂撩拨男人。两人认识没多久，就打得火热了。

张彦和万琳的交往十分隐秘，而我之所以能这么了解，是因为我查到了万琳的真实身份。

说起来有些可笑，我不知道张彦是否知道实情。

万琳实际的工作地点是一家夜总会。

为此，我和阿南还特意去这家夜总会里消费了一次，点的陪酒女就是万琳。

阿南是被我强行拉着一起的。他显然是第一次来这种声色场所，浑身不自在。

好不容易发现了一件阿南不擅长的事，让我有些暗爽。

我承认我是带着些想要看阿南笑话的心思，所以在万琳一个劲夸阿南帅，要跟他拼酒时，我没有帮他解围。

但谁又能想到阿南的酒量这么差？两杯下肚就倒地不起了。

作茧自缚大概就是形容现在的我，不仅要接替阿南和万琳拼酒，还要照顾一个醉鬼……

但让我没想到的是，套话计划最终失败了……万琳实在太能喝，三瓶红酒面不改色。

没办法，最终我只能盯上了夜总会经理薇姐。

据薇姐所说，万琳找到了一个稳定的情人。

只是不知道为什么，万琳虽然经常请假，却没有辞掉夜总会的工作。

看来张彦并不知道万琳真实的职业，而万琳也做好了随时抽身离开夜总会的准备。

我还从薇姐口中获取了另一个非常重要的信息。

"万琳现在不得了啦，不把我们这些人放在眼里了。前段时间，还和她的情人出去旅行呢，那个神气哟！请假的时候，还给我发了他们两个的亲密照，只不过那个男人打了马赛克。"

"还打马赛克？搞得这么神秘兮兮的。你还能找到照片吗？让我也见识见识！"

"有的，我这就找给你看。虽然她很快就撤回了，不过被我保存了下来。"

我接过手机，看着那张照片，是万琳和一个打着马赛克的男人在接吻的照片。

这张照片莫名让我有一种诡异的熟悉感。

我偷偷把这张照片发给了自己，之后删除了发送记录。

离开夜总会后，我把阿南搬上出租车，然后在脑海中整理线索。

首先，张彦的目的是什么？如果只是为了让闻菱成为过错方，通过离婚获得更多利益，那么合成照片后只要和闻菱谈判就可以了。

按照闻菱的性格，不会声张，很大概率会答应张彦的条件。

那么张彦之所以设计这么复杂的局，难道还有别的目的？

其次，那张让我很有熟悉感的照片，我实在不明白这种熟悉感的来源。

根据万琳给薇姐发消息的日期，我找到了万琳微博中同日期的内容。确定了张彦和万琳的出行地是深圳，并且住进了一家很有名的星级商务酒店，而且据万琳微博上显示，他们所住的是一个商务套间。

很奇怪，订这种商务酒店，一般都是出差的人。带着情人出行，不是应该订一些更浪漫、更私密的地点吗？

而且，根据万琳的微博时间显示，两人在那里仅仅住了一天。

我点开了那张从薇姐手中得到的照片，对比万琳发在微博上的照片。

突然，我产生了一个极为荒唐的想法。

虽然荒唐，我却隐隐觉得，这已经十分贴近事实的真相了。

为了证实这个猜测，我又联系了三寻，请她帮忙调查。

三寻的速度很快，车还没到家我就收到了她的消息。

我终于能够确定，那张折磨着闻菱的照片，就是出自张彦之手。背后操控一切的人，正是张彦。

我迫不及待地拨通了闻菱的电话。

电话内一直传来的忙音，让我感到一丝不安。

果然，闻菱出事了……

我和阿南再次见到闻菱时，是在医院的急诊病房。

因为服用过量的安眠药，闻菱差点死掉。

在场的除我和阿南之外，还有一个男人。

他叫王程桢，是闻菱公司外包法务公司的律师，是我观察到的，对闻菱有好感的人之一。

"安眠药是我自己吃的。但是，我会躺在这里，与张彦脱不开关系。是他差点间接促成了我的死亡。"

我和王程桢都不禁露出惊讶之情。

"闻菱小姐，你明白你在说些什么吗？"王程桢同样问出了我的疑惑。

闻菱没有正面回答，只是看向我。

"您应该知道，这段时间我饱受折磨，虽然没有精神分裂，但确实经常惶恐不安，精神状况并不稳定。"

"这些我知道。只不过，昨晚到底发生了什么？如果张彦真的做出了对您具有威胁的举动，我再次建议您报警。"

闻菱摇了摇头，提到张彦，眼中满是失望。

"最近我们时常争吵，之前我假借朋友的名义，试探了张彦，结果令我很失望。"

是的，这是我亲耳听到的。

"后来，我又几次三番试探，每次都只是带来新的一轮争吵。而渐渐地，张彦似乎开始怀疑我了。

"我的焦虑开始加重，只能依靠安眠药入睡。我不敢再跟张彦提起这件事。

"昨晚，张彦突然说他也收到了那张照片。

"我很惶恐，从祈求，到质问，但他就是不肯相信我。

"我质问张彦，如果这一切都是真的，而另一半不能给予信任的话，承受这一切的人又该如何证明自己的清白呢？

"你知道张彦说了什么吗？"

看着闻菱惨白的脸，想到闻菱进医院的原因，我心中升腾起一个令人心惊的猜测。

"死亡。"

闻菱听见我的话，瞳孔一缩，失控地笑了起来。

"是的，张彦说，除非以死明志。

"我以为即便是气话，他也不该对我这样狠，我们毕竟做了七年的夫妻。

"我当时气急了，焦虑和冲动之下我吃了很多安眠药，还喝了三杯高纯度的威士忌。

"酒精很快让我陷入昏沉。我开始感到恐惧，冲动下的行为似乎很快要将我置于万劫不复之地。我期望着张彦能够救我。

"我爬向客厅。但张彦只是看了我一眼，就拿着钥匙离开了家。如果不是王律师因为送文件来找我，或许我就真的死了。"

我陷入了沉默，闻菱所说的一切，刚好补足了我仅剩的疑惑。

"闻小姐，虽然现在有些不合时宜，但我确实应该把我调查到的事情全部告诉你，以便你做出更准确的判断。"

闻菱看向我的眼神很是惊讶。

"你找到那个人了？"

"没有，但我找到了真正在背后操控一切的人。"

"是谁？"

我凝视着闻菱。

"你的丈夫，张彦先生。

"闻菱小姐，张彦并不是差点间接促成你的死亡，你没有死，才是他计划中的意外。"

闻菱整个人都僵住了，苍白的脸上带着难以置信的表情。

"你说什么？"

"我还是一件一件向你解释吧。首先，出轨的并不是你，而是你的丈夫。根据我的调查，张彦有一个情人，是一个叫万琳的陪酒女郎。"

"什么？"

"其次，我能确定，你收到的那张匿名照片，就是合成的。在我向你解释之前，能先问你一个问题吗？"

闻菱整个人还没有从惊讶中恢复过来，只是沉默着点了点头。

"半个月前，你出差去深圳，是否在所住的酒店的床上拍了照片？"

"是的，当时我和张彦聊天，他说他很想我，让我拍几张照片发给他，所以……"

"这就对了，根据我的调查，第二天在你退房后，张彦和万琳就接替你住进了这个房间。"

闻菱似乎明白了我说的话，本就没有血色的脸更加苍白不堪了。

"鉴定PS合成的照片，一般要通过色彩差异、光源光照、分辨率大小、关键部位的图域分析。所以当在同一地点、同一时间拍摄两张照片的情况下，就具备了合成后以假乱真的可能性。因为是在晚上，光源是客房灯光，并不是自然光，所以只要住在同一房间，就能拍出同光源的照片。"

我拿出手机，点开那张从薇姐手中拿到的照片。

"拿到这张照片的时候，我之所以会产生熟悉感，是因为万琳的姿态动作，和你在那张照片上是一模一样的。男人虽然打了马赛克，但根据张彦和万琳的情人关系，并不难猜出他是谁。所以，这张照片就是合成照的基础。"

闻菱拿着手机，不断放大那张照片，显然不能接受这样的现实。

"原本我以为，张彦只是想离婚，让你成为过错方，获得更多利益。只是我一直存疑的是，这样反而把事情变复杂了。直到你说出昨晚的经历，补充了我的猜想。

"事实上，张彦并没有打算和你离婚，他长期以来的目的，就是逼疯你，让你自杀。而你死掉后，作为丈夫的张彦，就能顺理成章继承你的大笔遗产。"

闻菱紧紧抱住自己，整个人都忍不住颤抖了起来。

"所以，你的意思是，张彦，和我一起生活了七年的丈夫，为了能够继承我的遗产，将我和一个陌生男人合成在了他自己和情人的床照上面，并且通过对我的了解，持续不断发匿名消息给我，让我恐惧，让我崩溃，让我疯狂。再通过语言，不断刺激我，激怒我，引导我自杀。"

"如果我的调查没错的话，应该就是这样。当然，我建议你走法律途径解决这件事，能更好地了解真相。"

王程桢握住了闻菱不断颤抖的手。

"你放心，不论你想怎么处理，我都会帮你的。走法律途径，或者你希望私下解决，我都会为你争取最大的利益。我会让张彦付出代价的。"

我忍不住在心里暗赞。

王程桢这一手见缝插针真的是妙极了。

看来我和阿南并不适合继续待在这里了。

走出医院后，我有些得意地对阿南炫耀起来，我在他喝醉的期间就把整个谜团都给破解了。

阿南从刚才开始就皱着眉不说话，这会儿突然冒出来一句："没有那么容易。"

我被他噎了一下，但并没有生气，只当他嫉妒我这次比他早一步破解谜团。

　　总之，接下来的好几天里，我在阿南面前腰板都挺得更笔直了一些。归结起来只有一个字——爽！

　　倒是阿南，最近十分沉默，还总是很忙，不知道在做什么。我想，总不会是被我打击到了吧？

　　三天后，闻菱出院，我们约在她公司附近的一家星巴克见面。

　　闻菱的气色好了许多，想来最近被照顾得很好。

　　"闻菱小姐看起来已经没有大碍了。"

　　"嗯，这次就多谢你了。"

　　"虽然有些冒昧，但我能知道您接下来有何打算吗？"

　　提到张彦，闻菱脸色有些难看。

　　"我打算和他离婚了。我不想再见张彦，离婚的事情就交给了王律师处理。我并不想上诉。王律师说，他有办法说服张彦，让他同意协议离婚。"

　　听到这话，我不禁有些疑惑。

　　"王律师？那么我能知道结果吗？"

　　"张彦同意了。王律师拿到了关键性的证据，也就是张彦和万琳出轨的照片原件。他已经立于必败之地了。"

　　我没有再多问。

　　到此为止，这些事就再与我无关。

　　出了门，阿南突然幽幽问了一句："那个王律师是怎么拿到张彦和万琳出轨照片原件的？"

我挠了挠头："可能他就是有自己的路子吧。"

晚上，阿南竟一反常态，一定要拉着我去上次的夜总会。

我正感慨呢，果然是"从善如登，从恶如崩"，想不到阿南这家伙也学会逛夜总会了。

但就在快到夜总会门口的时候，阿南突然拉住我躲到了一旁。

夜总会门口有两个意想不到的人——王程桢和万琳。

如果我没看错，王程桢似乎给了万琳一笔不菲的现金。

这样的一幕让我十分震惊。

王程桢和万琳竟然认识？那么王程桢早就知道了张彦和万琳出轨的事情？

或者，更大胆的猜测，是王程桢让万琳勾引张彦，所以才会出现今天王程桢给万琳钱的一幕？

那么王程桢能拿到照片的源文件，就不足为奇了。

如果上述一切为真，那么王程桢就一定知道张彦的所有计划……

他又抱有什么样的目的？起到了怎样的作用呢？

我脑子正一团糨糊呢，阿南却露出了一贯的笃定神色。

"可以了，咱们走吧。"

走？来都来了，不进去坐会儿……

三天后，我在阿南的指示下，约了王程桢来到闪灵录像厅。

"不知道您约我来这里，有什么事情？"

王程桢扶了扶眼镜框，一副衣冠楚楚的样子。

阿南发话了："王先生，今天请您来，是因为有一件事，我无论如何想要请您为我解惑。"

"有话请直说吧。"

"三天前的夜晚，大概9点，我目睹了你和万琳交易现金的场景。"

阿南说的时候，我盯着王程桢的反应。

王程桢浑身紧绷，警惕地看向我们。

"所以，我产生了一个猜想，并且为了证实这个猜想，我找到了万琳和张彦。你猜，我知道了什么？"阿南继续进攻。

"作为律师，我好心提醒一下两位。闻菱女士已经结束了与你们的交易。你们现在所做的一切，是否触犯了闻菱女士和我的隐私呢？"

"我只是询问了两个知情人而已，并不算是触犯你的隐私吧？况且，按照现在的情况来看，我并没有百分之百完成这份委托。张彦所做的一切，不能够推诿。但张彦的身后，不是还有你这个老朋友在暗中布局吗？"

"我不明白你在说些什么。"

王程桢迅速恢复镇定，尽管看起来有些色厉内荏。

"王先生，既然你不明白，那我们就从一开始说起吧。

"你和张彦先生在学生时代就已经认识了。那时候，你和张彦是偶尔一起玩的朋友。

"张家破产后，攀上了闻菱，张彦再次一跃成为吃喝不愁的米虫。而你学的是法律，在工作后，得到了律所老板的赏识。

"而你的老板，后来成了你的岳父，是吧？"

"是又怎样？"

"你岳父家很有实力，在业界也具有很大的影响力。你借助岳父家的力量，获得了很多资源。可以说在这一点上，你和张彦很相似。"

王程桢听阿南这么说，忍不住嗤笑了一声。

"但是，你和张彦不同的是，虽然你的岳父很看好你，但你的前妻却并不爱你，反而十分看不起你。听说她在外面有很多情人，而你为了不失去这份助力，只能隐忍。

"后来，你的妻子有了一个真正喜欢的对象，就试图一脚把你踹开。为此，她设计了一场由你主演的出轨大戏，让你的岳父对你大失所望。

"如她所愿，你们两人离婚。而你因为被你的前岳父针对，在行业中变得步履维艰。直到一个月前，你遇到了张彦。"

阿南揭开了王程桢的伤疤，也彻底激怒了他。

"你！"

"别急，王先生，精彩的地方才刚刚开始。

"张彦这个人，贪婪懦弱，但他却有一个好妻子。你很嫉妒吧？所以，你让万琳假扮邮轮派对的经理，接近张彦。

"而在张彦和万琳彻底搞在一起之后，你开始诱导他。你通过张彦了解到了闻菱的性格，知道她一定会为了家庭、事业，隐瞒自己身上的污点。

"所以，你先是不断地向张彦灌输离婚后能获得的诸多好处，自由、男性的尊严、开始新生活等。而在张彦犹豫不决，不想放弃富足生活的时候，你向他献上了一套完美的计策。

"你告诉张彦，你有办法让张彦在获得自由的同时，得到闻菱的财产。而这个办法，就是让张彦伪造闻菱出轨，刺激、击垮、逼疯，甚至逼死她。闻菱自杀，张彦也就能够顺利得到闻菱的遗产了。

"但是，你并不是在真的帮助张彦。你的真实目的是诱导闻菱对张彦失望，最终和张彦离婚。而你，也能作为拯救者，彻底走到闻菱的身边，占据张彦原本的位置。

"你之所以能够拿到张彦出轨的源文件照片，是因为，这本来就是你找人合成的。所以，从一开始，你就拥有了张彦出轨的证据。

"事实证明，你扫除了张彦这个障碍，离成功只差一步之遥。而这一步，需要的不再是计策，而是时间，是让闻菱爱上你的时间。

"王程桢先生，我说得对吗？"

王程桢冷笑地看着阿南，不再遮掩他阴险、恶毒的灵魂。

"没有证据的情况下，我只能将你所说的一切定义为污蔑。"

"证据？万琳和张彦似乎都能为此做证。"

"你认为闻菱会听信他们这对奸夫淫妇的话，还是会听尽心竭力为她解决麻烦的我的话呢？"

"所以，我也并没有请来他们两位。"

"你什么意思？"

王程桢警惕地看着我们。

"王先生，你自己也说了，你说的话闻小姐是会相信的。所以，闻小姐，你可以出来了。"

闻菱从旁边一排放置录像带的柜子后面走出来，一个巴掌甩在了王程桢的脸上。

"你真让我恶心。"她咬牙切齿说出这么一句话。

王程桢似乎已经完全蒙了。

我看向闻菱，无奈地耸耸肩。

回去的路上，我想着闻菱最后的话，越想越觉得可笑。

有人机关算尽，有人愚蠢不堪，也有人想要拼命地粉饰太平。

这样的一群人，也配称自己爱着一个人？

这是爱情，还是一场愚弄与被愚弄的游戏？

但没等我沉浸在自己的情绪中太久，便再次在阿南脸上看到了那熟悉的嘲笑。

想到三天前扬扬得意的自己，我不禁老脸一红……

可恶，又被他装到了！

日 记

藏在出租屋里的犯罪日记，揭开了"阴间合伙人"的秘密在各行各业内卷严重的今天，如果有一条能迅速走上人生巅峰的捷径摆在你面前，你禁得住起诱惑吗？如果这条捷径伴随着致命的危险，你会犹豫吗？

庄尧手中捏着那个诡异的黑色日记本。

他小心地把日记本推到我和阿南面前，像被烫伤了一样立刻缩回了手。

我看到日记本开头潦草的字迹：

"我是一个通过和鬼合作走向人生巅峰的人。"

我抬眼重新打量庄尧。他也正用布满血丝的双眼注视着我。

原本用发胶精心打理过的头发，已经凌乱地散在他的额头上。相比第一次见他，他青青的胡楂儿又加深了一层。

他嘴唇颤动了片刻，终于挤出了一句话：

"我好像被这本日记里的鬼缠上了。"

接下来我要讲述的这个离奇事件，出自我2021年5月拍摄的一卷录像带，编号"TS057"。

摄影机就位，故事开始。

庄尧今年刚过完30岁生日，就因为公司大规模裁员惨遭辞退。他四处求职，经过数次碰壁，终于在一家外贸公司应聘成为业务员。

换了行业，他一切都要从头学起。

作为已经有八年工作经验的985高才生，他如今却被当作职场新人使唤，随便什么人都可以对他呼来喝去。

前辈们纷纷把各种难缠的客户扔给他来"磨炼磨炼"。他工作压力大到随时要崩溃，不知道什么时候才能熬出头。

每天下班回家走过街天桥时，他都得时刻提醒自己，不要一时冲动跳下去。

刚刚应聘成功时，庄尧兴高采烈地在公司附近租了一间高级公寓。这套公寓不但装修精致，租金还比周围低了一大截。拉开卧室窗帘，上海外滩鲜艳的霓虹灯在江面上变幻着图案。

庄尧自以为捡了一个大便宜，赶紧签合同搬了进来。住在这里，他才不会觉得自己已经被这个城市抛弃了。

有一天，他收拾储藏间时发现前任租客留下的一个纸箱。

在废弃的鼠标、数据线、游戏手柄中间，他发现了一个笔记本，一个很常见的黑色皮革外套商务笔记本。

扉页上写着主人的名字"江源"。他翻到下一页，劈头盖脸就是那句话："我是一个通过和鬼合作走向人生巅峰的人。"

这句话勾起了庄尧的兴趣，他靠在床上仔细阅读起来：

5月8日

昨晚为了签下那一单，完成这个季度的KPI，我豁出去陪客户喝到半夜。出了地铁口，我就倒在地上，什么都不记得了。

醒来的时候，我已经在派出所的椅子上躺着了。西装和皮鞋上沾满了呕吐物，我自己闻着都反胃。

据说是有个好心的姑娘看到我倒在地上，报警把我送到了这里，但在我醒来之前她就已经走了。

5月10日

今天一上班我的胃就不舒服。下午陪客户到一半，我实在受不了就去了趟医院。医生说是胃溃疡，我开了点药就赶紧回去找客户。

客户已经等不及走了，看来这一单又泡汤了。

每天加班，全年无休，挣不到多少钱。我开始有点怀疑我这么工作到底是为了什么。

此时是夜里11点，窗外外滩的夜景真是漂亮啊！去年，我就是看中了外滩这片景色，才咬了咬牙租下了这里。

当初我就暗下决心，总有一天要赚钱把这套公寓买下来。

或许根本是我痴心妄想吧，我根本不属于这个城市。

5月11日

早上起来整个人像踩了棉花似的，一摸额头都烫手。我不得不请了个假。

我拉上窗帘，躺在床上睡得昏天黑地。

不知什么时候，我突然醒了过来，出了一身汗，四肢却动不了。

这时，我看见床的正上方，有一个人影挂在那里，晃动着。

这个人正垂着脑袋看着我。

屋内光线昏暗，我看不清他的脸和表情，只是隐约看清，他的脖子通过一个带子样的东西吊在吊灯顶上。

吊灯因为他的重量倾斜成了一个角度，正发出轻微的吱吱声。这声音太难听了，像是一只老鼠啃食着我的耳朵。

他的四肢像提线木偶一样耷拉着，身体也伴随着吱吱声，微微晃动着。脚上的皮鞋几乎擦着我腿上的被子。

来来回回……

一阵恶心感顺着我的腿涌上来。

吱吱声似乎越来越大了。

我想把腿缩回来，却动不了……

我拼命想动弹一下，想大声喊叫，但身体根本不属于我。

　　我急得浑身冒汗，却丝毫动不了。

　　我只能再次闭上眼睛，不知何时又昏睡了过去。

　　读到这里庄尧忍不住放下日记本，抬头瞟了一眼上方的吊灯。

　　吊灯是倾斜的。

　　庄尧顿时起了一身鸡皮疙瘩。

　　此时已是深夜，房间里安静得可怕。

　　他看向吊灯和自己双腿之间的区域，空荡荡的，只能看到背景墙纸上隐隐的蓝色花纹。

　　他又把目光投向吊灯。的确，吊灯朝向自己微微倾斜着。角度不大，所以租房子的时候完全没有发觉。

　　应该就是时间久了，老化了吧。反正也不影响使用。

　　所谓吊着一个人，肯定是江源在高烧时看到吊灯倾斜，产生了幻觉吧。

　　一定是这样吧。

　　庄尧继续读下去。

5月12日

　　早上醒来，一阵说不出来的轻松，浑身的汗也干了。

　　我一看时间是6:30，还早。我冲了一杯热咖啡，久违地坐到窗边。

几艘邮轮在江面缓缓行驶，橙黄色的太阳冲破了云层。整个城市在复苏。

阳光暖暖地照在我身上，我感觉生命又回来了。

这时，我回头瞟了一眼床头。那里好像有个什么东西，就在我的枕头旁边，刚才起床的时候没注意。

我走过去拿起那个东西，是一张折起来的字条。

怎么会有张字条呢？难道是我昨晚迷迷糊糊想写什么东西吗？

我展开一看，是完全陌生的字迹。我心头一紧，警惕地朝四周看了看。

字条上写着："你好，我是你的室友，我叫巫俊豪。抱歉你搬进来这么久，我都没有和你打招呼。我看到你长期以来工作非常辛苦，很想帮帮你。如果你想迅速成功，就在下周三系一条红色花纹格子的领带去上班。"

我浑身的血液都要凝固了。

我是整租的房子，一个人住，哪来的什么室友？

这个巫俊豪又是谁？

怕不是昨晚家里遭贼了吧？我赶快检查了门窗，没有任何异常。我又迅速检查了我的钱包和电脑、手机，什么都没丢。

我本来就没什么贵重物品，就算是小偷来了又能偷什么呢？

那这张字条是怎么回事？难道是小偷故意搞恶作剧捉弄我吗？

我本来就已经过得这么不顺了，还要忍受这样的嘲笑？

想到这里，我愤怒地把字条揉成一团扔进了垃圾桶里。

巫俊豪？

出于好奇，我在手机上搜索了这个名字。

我搜到了一个微博名叫巫俊豪的人，点了进去看到一个熟悉的场景，一张上海外滩的照片。

我拿着手机上的照片，走到窗边对比了一下。不错，这张照片确实是从我这个角度拍摄的。

这条微博的发布时间是2017年4月10日，配的文字是："我终于搬进了梦寐以求的房子！"

这个巫俊豪就是上一任租客吗？

我连忙一条条地翻着他的微博，他的微博不多，全都是各种负面情绪的文字，讲述工作上的不顺和委屈，看得我心情越来越糟糕。

我继续翻下去，一直到2018年2月15日的那条微博："最后还是决定放弃了，所有的努力都得不到回报，我看不到前途在哪里。对不起了，朋友们，我先走一步了。"

这是最后一条微博，接着便戛然而止了。

我的手有些颤抖，又在网上搜索我这个小区今年有没有人自杀。果然，一条新闻标题赫然出现在我面前：

《30岁年轻人不堪工作压力，在卧室用领带上吊自杀。》

领带？

我脑袋嗡的一下，怔住了。

许久，我才缓缓地扭过头，看着床上方那个吊灯。

吊灯倾斜着。

他是用那条红色花纹格子领带，拴在吊灯上上吊自杀的。

我突然想起来，我在高烧时看到的那个吊在灯上的人影，难道那不是做梦吗？

到了这时，我才确信，我租到了一间凶宅，还被"鬼室友"缠上了。

读到这里，庄尧又停了下来。不知是深夜的寒气，还是日记上的内容，让他手脚冰凉。

他搓了搓冰冷的手，自我安慰着：这本所谓的日记，肯定是前任租客创作的小说吧。用日记的方式来写，形式还蛮新颖的嘛。

他打着哈欠，看了一眼时间，已经凌晨两点了。明天还要上班呢，不能再看了。

庄尧把日记放到床头柜上，躺下睡着了。

这一夜，他噩梦不断：黑暗的残影悬挂在吊灯上，黑暗中隐藏着扭曲的面孔，一截鲜红的舌头吐了出来。

一觉醒来，大汗淋漓。这天庄尧工作时精力根本没法集中。巫俊豪这个名字总是在他脑中跳出来。

巫俊豪？

他的手不自觉地移动鼠标，点开了微博，输入"巫俊豪"，点击"找人"。

一个黑色图案的头像跳了出来，用户名是"巫俊豪"，坐标是"上海杨浦区"。

庄尧心里咯噔了一下。

他手指颤抖，点开巫俊豪的微博，一条条翻看。

外滩的照片、最后一封遗书……

这一条条微博，和江源日记本里记录得丝毫不差。

他又搜索新闻，看到了巫俊豪在卧室上吊自杀的新闻。

他浑身虚脱，靠在椅背上。

日记本里写的根本不是小说，是真实发生过的事情。

难怪房租这么便宜，原来真的是凶宅。

庄尧根本无心工作了，挨到下班时间，就立刻赶回家，翻开江源的日记接着读下去。

5月14日

昨天，我联系了中介，质问他为什么要租凶宅给我。他装糊涂说他也不知道，然后我再打过去就是正在通话中了。

我有些害怕，但是根本没钱找新房子。

不过，我转念一想，能够住在这么好的房子里，就算是闹鬼又有什么可怕的？

5月16日

今天是星期三。

自从上次我的床头出现字条之后，根本没有任何异常状况发生。

今天一大早，我就被一个客户的电话吵醒了。他莫名其妙地训斥了我一顿，说我弄错了单据上的数字，要投诉我。

我赶快翻看邮件记录，这才发现是他提供给我的信息错了。我告诉他之后，他连句对不起都没有就挂了电话。

相比这些糟心事，闹鬼根本算不上什么呀。

就算是真的闹鬼，或许也是这个鬼太无聊了，和我开了一个小玩笑吧。

我这么想着，打开了衣柜，拨开经常穿的白色衬衫，看到了一条红色花纹格子领带。

我很确定，我根本没有这种颜色的领带。

"如果你想迅速成功，就在下周三系一条红色花纹格子的领带去上班。"

字条上这句话又一次在我脑中浮现。

要是我系上这条领带，就会中500万元彩票吗？还是会升职加薪？

我自我解嘲地笑笑，伸手要去拿自己那条黑色领带，然后停下了手。

假如我系上那条红色花纹格子领带，会发生什么呢？

这个念头一旦在我脑中产生，就怎么样也抹不掉了。

成功，这是我渴望了很久但遥遥无期的事情啊！

最终，我伸手拿了那条红色花纹格子领带，系在了脖子上。

一整天都无事发生。

真是可笑，仅凭一条领带就能成功吗？

看来是我自己在胡思乱想了。

晚上我独自留下来加班。到了10点，我终于处理完了材料，锁门走出办公室。

这时，我看见公司的女老总戴月正朝这里走来，装作看不见已经来不及了，我赶紧上前两步跟她打招呼。

入职培训的时候，我见过她一次。像我这样的小员工，是不可能给她留下任何印象的。

戴月冲我点点头，然后停下来，上上下下打量我。我被看得浑身发毛，根本不敢看她。

戴月说我加班辛苦了，要不要一起去附近吃个消夜，算员工福利。我几乎不敢相信自己的耳朵。

她带我去了离公司不远的一家日料店。门店很小，装修也一般，坐不了几个客人。一进门，厨师就和戴月打招呼，看得出她是这里的熟客。

我略微有点惊讶，还以为她这样地位的人一般都只去高级西餐厅呢。

戴月问我有没有什么喜欢吃的东西，我胡乱说着都可以。

整顿饭我都像面试一样紧张，根本不知道吃的是什么。戴月又问了问我的工作状况、压力大不大等等。我都胡乱敷衍了过去。

我吃到一半的时候偶然抬头，却看到戴月没吃东西，拿着筷子看着我。我不知哪里来的勇气，没躲开她的目光，也看向她。

她却突然露出了少女般的羞涩，低下了头，不知道是不是我的错觉。

离开时已经11点半了，戴月问我怎么回去，要不送我。我连忙说不用，我住得不远。

她随口说了句"注意安全"，语气中好像有一点失望。

回家的出租车上，我搜了一下刚才这家日料店——人均4000元，我吓得差点扔掉手机。

真是后悔刚才太紧张，都感觉不到吃进嘴里的是什么味道。

打开家门，我的脑袋还是热的，一遍遍地过着刚才的情景。我应该没做出什么惹她讨厌的行为吧?

我解开领带,解到一半才突然想起来:我今天突如其来的好运气,难道是因为我按照巫俊豪字条上的指示,系了这条红色花纹格子领带?

我会受到戴月的赏识,升职加薪吗?

我朝床上一躺,看着正上方的吊灯。

那里是巫俊豪上吊自杀的地方。

奇怪的是,我一点恐惧感也没有了,只觉得一股兴奋感从血液里弥漫出来。

5月18日

早上一醒来,我就注意到了枕边的字条。

上面依旧是巫俊豪的字迹:"明天下午4点,到南京路上的星巴克。"

这一次,我没有任何犹豫,提前到了指定的地方,点了一杯美式等着。

大概4点15分的时候,戴月走进了星巴克。她穿着运动服,相比平时一身职业套装的样子,显得年轻了些。

她点完咖啡,转身就看见了我。她坐到我对面,说自己刚在附近练完瑜伽,问我怎么会在这里。我胡乱编了个理由,说是来买东西,顺便喝杯咖啡。

也许因为上次一起吃过饭,这一回我面对她时放松了不少，应答自如。

我们一起喝完了咖啡，又随便聊了几句。这时，她突然有些犹豫地问我，晚上要不要一起吃个饭。我抬头正好撞见她的目光。

这一回，我很确定，她是在对我示好。

如果上一次只是老板偶遇员工，一起吃消夜，那这一次恐怕就是正式的约会了。

我听说过戴月的一些经历。她的丈夫多年前就去世了，之后她一直是单身。她年龄比我大了将近20岁，容貌也不出众，在同龄人中算保养得不错，但依旧能清晰看出眼角的细纹。

抛开她是我的老板这层光环，她在我眼中并无魅力可言。可是如果我拒绝她，今后还怎么在公司里混呢？

脑中念头无数，我一时没有反应。戴月微微低下头，竟然有一丝忐忑，被我敏锐地捕捉到了。

我心中一阵狂喜。

她在担忧我会拒绝她，她居然会因为我而紧张！

长期以来，她都是高高在上的那种人，属于那种我拼了命去仰视的人中的一员。

但我们的地位，仿佛在这一瞬间颠倒了过来。

我享受着这一刻的感觉。

不知为什么，我脑中突然想到那天早上，那个不分青红皂白就责骂我的客户。他也是戴月这群人中的一员吧。

他有什么资格骂我呢？

我不想再受到这样的屈辱了。

我点了点头，答应了戴月。

庄尧完全被江源日记里的内容吸引了，他继续读了下去。

江源答应了戴月的约会邀请后，两人很快成了情侣。随着他们关系的升温，江源在公司里也平步青云，很快坐上了副总的位置。

为了帮助江源把位置坐稳，戴月还把自己身边得力的秘书李雪送到他身边去帮助他。

江源在日记里这样描述：

李雪推门走进我办公室的那一刻，我眼中就再也没有戴月了。

李雪相貌清秀，聪明能干，浑身散发着青春活力。无论我交给她什么繁杂的事务，她都能有条不紊地处理好。

看到她，我仿佛看到曾经的自己，对生活充满热忱，对未来依旧怀有希望，深信靠自己的努力就可以改变命运。

但江源还是很快和戴月登记结了婚。

之后很长一段时间，那位"鬼室友"都没再联系过江源。

江源搬进了戴月的豪宅，但是没有退掉这间公寓，一直交着房租空着。

江源在工作中，对李雪情感越浓，对戴月的不满就越深。戴月从未给过他实权，也根本不信任他的能力，只是一直在用高薪高职位敷衍他而已。

婚后，戴月控制欲极强的一面逐渐暴露了出来。她每天都会翻江源的通话记录和微信聊天记录。一旦看到他和异性的聊天记录，甚至是某个女性名字给他的朋友圈点了个赞，都会盘问他半天。

家中的空气让江源窒息，唯有在办公室与李雪相处的几小时，让他觉得由衷地放松。

李雪跟了戴月好几年，戴月对她极其信任，所以一直也没怀疑过她会和江源有什么不对劲。

但有一次，江源在办公室里和李雪聊起学生时期的趣事，两人都笑得前仰后合。

这时，戴月突然推门进来。两人明明什么都没做，却像正在偷情一样神色慌乱。戴月阴沉的目光在两人身上来回游移，一声不吭就走了。

第二天，李雪再也没有出现。直到江源在公司外偶然遇见李雪。李雪眼中含泪告诉他，戴总把自己调去了分公司的基层。

江源心里实在郁闷，下班约了几个老同学喝酒。戴月打了几通电话联系不上他，就立刻通过手机定位找到他所在的酒吧，黑着脸出现在众人面前。

　　然后，她像家长对待不懂事的孩子一样，在众目睽睽之下把江源领走了。

　　背后的窃笑声，让江源想死在当场。

　　江源忍不住提出了抗议。戴月却冷嘲热讽，如果不是自己，江源能有现在的地位吗？他就是这样感谢自己的？

　　江源终于受不了了，提出了离婚。戴月却丝毫不慌张，冷冷地说，如果江源再敢说一次，就彻底毁掉他的人生，自己给他的东西，随时都可以拿回来。

　　戴月告诉江源，自己要独自去国外出差几天，希望他利用这几天时间好好反省，搞清楚自己的位置。

　　戴月离开后，江源不想再回到那个让他喘不过气来的家里。他住回了那间外滩附近的公寓。

3月20日

　　我久违地好好睡了一觉，身边没有戴月。

　　早上，我醒过来，转头看到枕头边上出现了一张字条，一下子坐了起来。

　　我打开字条，久违的字迹出现在我面前：

　　"如果你想杀了你老婆，今天系那条红色花纹格子领带去上班。"

　　我愣了片刻，立刻爬起来打开衣柜。

我之前的衣服都已经拿走了，只剩下那条红色花纹格子领带孤零零地挂在那里。

我捏着字条在屋里踱步，脑中满是戴月扭曲的表情，还有她令人作呕的声音："我给你的东西，随时都可以拿回来。"

不，不可能。

我不会允许这种事情发生。

我不能、绝对不能再回到以前了。

但一想到今后几十年都要和她在一起，被她控制，我就感到绝望。

我气血上涌，走到了衣柜前，系上了那条领带。

那条让我和戴月结缘的红色花纹格子领带。

今天一天，戴月都没有联系过我，没有一个电话，也没有一条信息。这在以前是根本不可能的事。

这个时候，她应该早就下飞机，在旅馆住下了吧。或许还和我怄气呢。这样最好，我乐得轻松几天。

但巫俊豪字条上那句话，又是什么意思呢？

3月23日

这几天，戴月一直没有联系过我。

今天，我接到了警察的电话，让我立刻去一趟公安局。我不知发生了什么事，匆匆赶往公安局。

警察告诉我一个消息，戴月在国外意外死亡了。

我的心脏顿时被揪住了，做贼心虚地低下头。

戴月是被我杀死的吗……

警察却继续说，当地警方推断是小偷在旅馆入室行窃，被戴月撞见了。

两人发生了争执，情急之下小偷失手杀了她。当地警方正在全力追捕凶手，一旦有消息会立刻通知我。

我迷迷糊糊从阴冷的室内走出来，看着自己的双手，仿佛沾满了鲜血。

我深深地吸了一口气。阳光暖暖地照在我身上，我感觉生命又回来了。

公园里的樱花已经不知不觉盛开了，看来严冬已经过去了。

我要打电话把这个消息告诉李雪。

看到这里，庄尧不禁倒吸了一口凉气。他翻了翻后面的日记，内容已经不多了。

江源得到了戴月的遗产和意外保险，很快就和李雪结了婚。

钱、地位、爱情，他已经全部拿到手了。

日记的结尾，他写道：

在一只鬼的帮助下，我终于走上了人生巅峰。

日记到这里戛然而止。

庄尧坐在客厅的沙发上读完全部日记，长舒了一口气。

他脑中充满了疑问：江源现在怎么样了？

戴月的死到底和"鬼室友"巫俊豪有没有关系？

为什么江源会把日记留在这里？

一阵轻微的响声打断了庄尧的思绪。他一时间分辨不出来是什么，只能凝神仔细听着。

整个屋子都很安静，窗外的喧嚣也早已散去。

庄尧站起来，光着脚蹑足寻找声音的来源。

他找了一圈，最后走进了卧室，缓缓把目光集中到吊灯上。

集中到那盏倾斜的吊灯上。

一阵很轻微的响动从那里传出来。

可能是听错了吧，是不是楼上邻居挪动桌椅……

"吱吱。"

不对，这下庄尧听得十分清楚，是摩擦声。

"吱吱，吱吱。"

好像是磨牙的声音，又好像……

"吱吱，吱吱，吱吱。"

一具尸体被领带挂在吊灯上，晃动着。

庄尧吓得转身跑出去，关上了房门，隔绝了那瘆人的声音。

他的双腿还在颤抖。

"那个叫巫俊豪的鬼依然住在我家里。"

他没敢再回卧室睡觉，和衣在沙发上凑合了一夜。

第二天一早，他就来到了我的闪灵录像厅。

说完了整个故事，庄尧仿佛用尽了所有力气，瘫坐在椅子上。

我安慰了庄尧一通，照例说了我们闪灵录像厅的规矩：调查免费，但我会在保护隐私的前提下，把调查过程全程录像，制作成录像带在店里小规模放映。

庄尧满口答应，只求尽快调查清楚，把那只鬼魂赶走。

一直没说话的阿南突然开口："这本日记可以留下来让我研究一下吗？"

庄尧点头如捣蒜。

他走了以后，我立刻着手开始调查。

我通过"戴月"这个名字，还有日记本上提供的公司相关信息，很快在网上锁定了目标：

戴月，2010年5月2日至2019年4月30日，担任上海某个金融公司的董事长。

时间对上了。我顺着这个信息又搜到了一条新闻：《金融公司女老板在T国遇害》。

我又查了查江源的信息，他从2018年9月20日在戴月这家公司担任副总，但奇怪的是，他在今年，也就是2020年4月就辞去了公司副总的职位，之后便没有消息了。

查到这里，我给一个路子很野的哥们儿打了个电话，请他帮我查查戴月的案子在T国结案了没有。

我拿了件外套，打算出门先去戴月和江源的公司看看。我叫了声阿南，他没反应，斜倚在沙发上抱着日记研究。

我又喊了他一声，让他和我一起出门调查。

阿南依旧没有反应！

我开始思考自己是不是哪里得罪他了，或者是他对我有什么不满。

想到今天庄尧的日记本带给我的震撼，"为了升职加薪，与鬼合作"！我开始反思自己是不是对阿南有些苛刻。

我盯着阿南看了半天。

"我给你加薪吧。"

听到这句话，阿南立刻抬头看向我。

果然是为了薪资！我可真是料事如神……

"这样吧，每个月加三千怎么样？"

我想我真是个体贴的老板，这回他总该对我客气一些了吧？

但让我大失所望的是，阿南只是语气平平地"哦"了一声……

哦？哦是什么意思？

我立刻摆出黑脸："我们谈谈吧！我都已经给你加薪了，你为什么还是这个态度？"

我抱着双臂，气势汹汹地盯着阿南。

阿南一脸疑惑地起身："什么意思？"

这一刻，我开始意识到事情有些不对头。

"我刚刚问你话，你为什么不回答？你是不是对我有什么意见？"我有些心虚地质问阿南。

只见阿南一脸迷惑。

"我只是隐约有种感觉，谜底就藏在这本日记里。所以不打算跟你一起去了而已。"

我想，我一定是世界上最愚蠢的老板。

为了缓解尴尬，我迅速逃出门去，前往戴月的公司。

只是不知道，加薪的事情可不可以就此作罢……

到了戴月公司门口，我看见几个员工正在吸烟区抽烟。我上前主动给他们递烟，说我是他们公司楼下便利店的员工，之前听到他们同事来我店里聊起了戴月的八卦，可惜我只听了一半，想找他们打听打听详情。

果然，几个员工按捺不住，纷纷打开了话匣子。戴月和江源的事早就在公司里闹得沸沸扬扬了。

其实，警方也调查过江源杀害戴月的可能性，但实在查不出什么所以然。

戴月遇害那天，江源照常来上班，几十号人都可以证明他不可能杀人。

公司里面就流传开了，越传越邪乎，说江源用了什么南洋邪术，和鬼做交易把戴月咒死在T国。

猜得虽然荒诞，但竟也八九不离十。我把烟一掐，问他们江源现在混得怎么样了。

他们说大概一个月前江副总就离职了，后面怎么样都不太清楚。我一看问不出什么有用的信息来，就旁敲侧击向他们打听戴月那个豪宅的位置。

到了戴月豪宅的位置，我装作是社区服务人员敲了门，一个胖胖的中年人给我开了门。

我一看他实在不像是江源，就说："我这里登记的户主信息是江源，请问是你本人吗？"

中年人回答说，江源是上一任房主，一个月前把房子卖给他了。

一个月前江源突然辞掉了工作，还卖掉了房子。这其中到底发生了什么异常事件？必须进一步了解江源的情况。

面积这么大的房子，一般都会请长期的保姆来打理。我在网上找到了附近最大、最正规的家政公司，给他们的客服打了电话。

我说我住在这个小区，想找个家政上门做一次保洁。我有个朋友江源住在几栋几○几，长期在他们那里聘请家政，给我推荐了自己请的保姆。能不能给我派同一个保姆过来？

客户查询了一番说没问题，不过这个保姆要等到明天才有空。

第二天，我在小区里的一家咖啡厅和保姆赵姐约了见面。我大致说明了来意，她刚开始还有些疑虑，不过我答应按照工时付钱给她并五星好评，她认为触犯到个人隐私的信息不告诉我就好了。

赵姐是在戴月死后不久才来这里做家政的，总共做了不到一个月。根据她的描述，江源和李雪看起来十分恩爱，对自己从来也都是客客气气的。

不过，有一天早上，江源突然状态很不对劲，神情很惶恐。

赵姐隐隐约约听见江源和李雪在房间里争吵。江源说起什么字条的事，李雪好像劝他报警，但他怎么都不同意。

赵姐没去窥探，但她在倒垃圾的时候，看见里面有一张字条写着："别忘了是你杀了你老婆！"

赵姐甚至不知道戴月的事，根本没当回事就扔掉了。

后来江源的状况就越来越不对劲，经常把自己关在房间里自言自语，好像在对什么人说话。李雪一直劝他去看心理医生，他每次一听就发一通脾气。

听到这里，我觉得事情更加离奇了。

那张字条，毫无疑问就是"鬼室友"巫俊豪写给江源的吧。

江源原本以为一切都结束了，可以把黑历史永远留在那间公寓里，没想到"鬼室友"却没那么容易摆脱，甚至缠上了他。

所以他才会那么害怕吧。

我又问赵姐，在她工作期间有没有发生过奇怪的事。

赵姐仔细想了想，说有件事不知道算不算。

她似乎能经常看到一个穿着黑夹克，留着平头的男人在房子四周转悠。一个月里她看到过四五次。

因为对方没有做任何出格的事，她觉得也不值得专门向江源汇报。

我一下子坐直了身体，终于冒出来了一点可疑的线索。

我详细询问了这个男人的信息，但赵姐总共也没见过他几回，说不出更多情况了。

我有些失望。

第二天，我们和庄尧约好了去他的公寓看一看。临出门时，庄尧突然给我打来一个电话："我想中止委托，不调查了！"

我愣住了，连忙追问他是不是发生了什么意外。

庄尧的语气含糊，说："没事没事，可能这件事就是我想多了，懒得再查下去了。"

我听他语气不对，换了一种问话的方式。我说中止调查完全没问题，这是他的权利。不过我们也为这事跑了两天，就当是满足我一个好奇心，能不能透露一下到底发生了什么？

庄尧犹豫了一下，跟我讲述了这两天发生的事。

庄尧来录像厅找我的第二天早上，他从客厅沙发上醒来，发现枕边出现了一张字条：

你好，我是你的室友，我叫巫俊豪。抱歉你搬进来这么久，我都没有和你打招呼。我看到你长期以来工作非常辛苦，很想帮帮你。如果你想迅速成功，就在今天系一条红色花纹格子的领带去上班。

庄尧脑袋嗡的一下，他害怕地撕掉字条扔进垃圾桶。

但日记中江源迅速飞黄腾达的经历，又强烈刺激着他的神经。

他想到自己奋斗了这么多年，依然要像一个职场新人一样吃苦，成功的机会好像从来都不属于自己这样的人。

他脑中渐渐滋生出和江源一样的想法，系上领带会怎么样呢？

想到这里，庄尧打开衣柜，里面果然出现了一条不属于他的红色花纹格子领带。一切如日记所言。

如果自己系上领带，也会像江源一样获得成功吧。

他犹豫了片刻，做了和江源相同的选择，系上了那条红色花纹格子领带。

当天，庄尧在下班路上遇见了Helen。

Helen成熟、性感，不久前刚从国外调到庄尧的公司担任高管，是部门里男员工私底下热议的"女神"。

Helen和庄尧闲聊起来，说自己刚来不久，想找他打听一些公司的情况，就邀请他共进晚餐。

庄尧喜不自胜，吃饭时旁敲侧击得知她还是单身，心中又涌现一阵欣喜。

日记上的事果然应验了。

庄尧认为自己应该很快就会和江源一样，爱情与事业双丰收，走上人生巅峰了。

"鬼室友"说不定是自己的福星呢！

既然这样，他也就没有兴趣再找我和阿南做调查了。

听完之后，我有些着急，隐隐觉得哪里不对，就提醒庄尧要小心危险。阿南却在一边示意我不用再说下去了。

我有些疑惑地挂断了电话，询问地看着阿南。

阿南思考着说："我已经大概知道整件事的轮廓了。"

还没等我细问，之前我拜托做调查的哥们儿来了个电话，他上来头一句话就是：

"北哥，这事挺邪乎的，我劝你还是别沾了吧！"

原来，他托T国的朋友打听到，戴月的案件至今没有结案。他原本想放下电话，对方却说了一个惊人的消息——大概一个月前，有人在戴月被杀的那个房间里上吊自杀了。这个自杀的人，竟然是江源！

根据旅店老板的说法，江源和李雪来当地旅游，入住了他们的旅店，还指定要住戴月出事的那个房间。

他很奇怪，那个房间因为闹过凶案，空置很久了没人愿意住。但他只当这对夫妻是那种网上喜欢冒险的小青年，也没过分在意。谁知过了两天就出事了。

那天他记得很清楚。李雪一早就独自气呼呼地从房间里出来，他还随意问了两句。

李雪回答说丈夫怎么都不愿意陪自己出来逛街，索性就自己一个人去了。

到了傍晚，打扫卫生的服务员以为房间没人，开门进去，立刻发出了一声凄惨的叫声。

江源在房间里，用一条红色花纹格子领带吊死在了吊灯上。

他双目圆睁，似乎在死前见到了什么可怕的景象。

根据法医检查，他当天中午就已经窒息而死。案发前后房间门窗附近的监控拍摄得很清楚，根本没有其他人出入。

没有任何疑点，警方以自杀结案。

根据李雪的证词，江源大约一个月前就很不对劲，坚持要辞掉工作卖掉房子，带自己去度蜜月。

谁知他来到T国后，却执意要住进戴月被杀的房间。

李雪怀疑是江源对前妻余情未了，没少和江源吵架，但江源就像着了魔一样坚持这么做。

那天两人又因为这件事吵了一架，李雪就赌气自己出门了，没想到竟然出了这样的事。

联系整件事来看，很容易就推导出一个结论：江源与鬼魂做交易，走捷径获得成功，终于被自己的"阴间合伙人"反噬了。

阿南在一旁和我同时听完了电话，立刻拿着那本日记，起身拍了拍我说："谜题残缺的部分也补齐了。我已经知道了全部真相，走吧！"

我丈二和尚摸不着头脑，跟着阿南来到了一个小区，到了一栋公寓楼下面。我问阿南："这不是庄尧的公寓吗？来这里干吗？"

"就在这儿等着，运气好的话，今天就能出结果。"

我们一直等到了天黑，什么事都没发生。

我等得有些不耐烦了，吃着泡面问阿南："会不会是你搞错了？"

"嘘——"

我顺着阿南的目光看过去，庄尧和一个卷发性感女人有说有笑地走了过来。

"这就是那个Helen吧，这小子还真是走桃花运了。"我忍不住感慨。

两人直接走进了单元楼。

"我们现在就跟上去？"我两口吃完了泡面，询问阿南。

"不着急，给他们一点时间。"阿南终于放松了下来，安心地端起他那份泡面吃起来。

过了一会儿，我们出现在庄尧家门口。门里隐隐约约传来争执的声音，Helen似乎在大声质问着什么。

阿南和我对视一眼，敲响了门。

里面的声音骤然停止。

门打开了，庄尧十分困惑地看着我们。

Helen躲在庄尧身后，看到了阿南手中的日记本。

我分明注意到，Helen一瞬间目光中闪现了凶狠之色，但很快恢复了温柔。

我和阿南走进门。阿南关上了门，然后转身对Helen说：

"你好，李雪。"

Helen像被子弹击中一样，但很快镇定下来，看向庄尧说："这两个人是你的朋友吗？看来你今天有安排，那我先走了。"

阿南说："我有一个故事要讲。你不妨坐下来一起听一听，我讲得不对的地方，还请你纠正。要不然，我们只能去公安局讲了。"

阿南的语气明显带着威胁。

Helen面朝门口站住，我看不见她的表情，只能从侧后方感觉她的脸微微有些抽搐。

她扭过身来，朝桌边的椅子上一坐，满不在乎地说："庄尧，你这个朋友还真是有意思。我今晚刚好有空，听听也无妨。"

说完，她就从拎包里拿出女士烟点燃了一根，挑衅地看着阿南。

面对茫然无知的我和庄尧，阿南揭开了所有真相。

这一切要从多年前说起。

那时，李雪是戴月的私人秘书，对她的生活和情感了如指掌。戴月多年来一直保持单身，是因为她忘不了死去的丈夫。

一次偶然的机会，李雪看到公司里的员工江源，长得很像戴月死去的丈夫。

于是，她对江源展开了调查，得知江源租住的公寓以前竟然死过人。一个计划渐渐在李雪脑中成形。

她知道戴月一定会爱上江源，特别是当江源系上那条戴月丈夫最爱系的红色花纹格子领带后。

要想完成她的整个计划，她需要一个共犯，大概率是一个入室行窃的惯犯。

暂且叫这个人"黑夹克"好了。

李雪假借死者巫俊豪的名义写了一张字条，在"黑夹克"的帮助下放在了江源的枕边。

就这样，李雪一步步诱导他接近戴月。

作为戴月的私人秘书，李雪对戴月的行程和喜好了如指掌。在她的巧妙安排下，戴月爱上江源，是顺理成章的事。

而江源这样一个有野心的人，也根本不可能抵挡住这样的诱惑。

这时，李雪再主动向戴月提出，公司里有许多人不服江源，为了帮助他坐稳副总的位置，自己可以去帮助他。

借着工作之便，李雪以秘书的身份诱惑江源，让他爱上了自己。

江源果然上钩了，陷入想摆脱戴月而不得的境地。这就需要"巫俊豪"再次出马帮他一把了。

李雪假扮巫俊豪，向江源提出帮他杀掉戴月。

同时，李雪把戴月出国的行程透露给了"黑夹克"。"黑夹克"再伪装成入室行窃的盗贼，杀死了戴月。

从时间上推断，保姆赵姐看到"黑夹克"在房子周围出没，想必就是他来找李雪要杀死戴月的报酬的吧。

戴月死后，李雪也如愿嫁给了江源。

此时，她已经拥有优越的生活和一个爱她的男人，但她依旧不满足，因为这些财富还不完全属于她自己。

江源还是一个不稳定因素，说不定什么时候就会把和"鬼室友"联手的事情说出去。

或许，除掉江源根本是她从一开始就安排好的计划中的一环。

她再次以"巫俊豪"的名义写字条，放到了江源的枕边，不断折磨江源的神经。

她给江源营造出一种感觉，"巫俊豪"缠上了自己，并且一直在提醒真正杀死戴月的人就是他。

在不断的心理折磨下，江源果然渐渐变得疑神疑鬼。

最后，她只要写下"回到戴月死去的地方，我就放过你"之类的话，江源就会乖乖听命于她。

但等到了戴月死去的房间，江源却发现"巫俊豪"紧跟自己而来，一直诱导自己自杀赎罪。

他最终不堪压力，选择用那条给他带来好运的领带上吊。

不过，就算他没有自杀，李雪也会准备制造一次意外杀死江源吧。

但是李雪的计划出现了一个意外。江源在死前向她透露了自己有写日记的习惯，并且这本日记还留在那间公寓里。

一旦有人发现日记，顺藤摸瓜就有可能会揭开李雪的整个阴谋。虽然这种可能性很小，但李雪依然如鲠在喉，寝食难安。

她千辛万苦终于得到了自己想要的一切，怎么可能允许这种隐患存在呢？

为了永绝后患，李雪以Helen的身份回国搜寻日记。但她却发现庄尧已经住进了那间公寓，而且很有可能已经看到了日记。

想必她趁着庄尧不在家时，用江源留下的钥匙开门进去寻找过日记。但日记竟然不翼而飞了，这让她更加不安。

李雪决定如法炮制，用同样的方法，从庄尧口中骗出日记的下落。必要时，她也做好了杀掉庄尧的准备。

果然，今晚Helen主动提出到庄尧家中约会，庄尧自然是求之不得。

在Helen的诱导下，庄尧聊起了江源的那本日记。Helen渐渐露出狰狞的一面，追问他日记的下落。

就在这时，敲门声打断了他们，阿南和我出现在门口。

阿南说完了整个故事。

Helen或者说李雪的脸色越来越难看，甚至指间的烟早就灭了也没有发觉。

阿南补充道，如果需要证据也不难。他翻开了日记本，到最后一页，只见里面赫然夹了一张字条："如果你想杀了你老婆，今天系那条红色花纹格子领带去上班。"

去做一下笔迹鉴定就好了。

日记本里竟然还夹着一张关键性证据，我之前都没有发现。

李雪终于缓缓叹了一口气，脸上露出了似笑非笑的表情。

阿南又问："我还有一个猜想。这本日记的第一篇写到江源陪客户喝醉了，倒在地铁口，有一个好心的姑娘把他送到了公安局。这个姑娘就是你吧？你就是从那时候开始谋划的整个布局？"

李雪微微点了点头。

她一连害死了两条人命，现在还要对第三个人下手，竟然可以如此平静。

我实在忍不住问了一句："你究竟为什么要这么做？"

李雪回过头，用极度寒冷的眼神盯着我，说了一句：

"我不过是和江源、庄尧还有巫俊豪一样，想成功而已，有错吗？"

我们还是报了警。警方赶到后，控制了李雪。

　　临走前，阿南突然想起了什么，走到卧室里，站在床上检查着吊灯。果然，他在吊灯里发现了一个微型摄像头。

　　他把微型摄像头扔给了庄尧："你听见的怪声，应该是这个东西发出来的。"

　　庄尧颤巍巍地接过摄像头端详着。他抬头看着李雪被警方逮捕的身影，衬衫早已被冷汗浸湿。

　　"从今晚开始，你终于可以睡一个好觉了。"我拍了拍庄尧的肩膀。

　　我看向卧室窗外，霓虹灯下的外滩五彩斑斓，江水带着这些诱人的色彩流向远方。我想起了茨威格的一句话：

　　"所有命运赠送的礼物，早已在暗中标好了价格。"

　　只是有的时候，这个价格或许是致命的！

　　正当我感慨的时候，阿南却突然在煞风景：

　　"加薪的事情你可别忘了！不然今晚我就不能保证你能睡个好觉了！"

　　谁能救救我？我还以为这件事他早就忘了！

　　天底下还有比我更惨的老板吗？

艳　遇

丑女老同学整容变美女，一夜风流后才知她已死三个月你参加过同学会吗？

据说，同学会是一夜情高发的场合。

但一夜情之后突然发觉，与自己有肌肤之亲的人是女鬼，就不是每个人都能碰到的经历了。

在我偷拍过的所有闪灵事件中，这件事就算不是最离奇的，也是给我留下最深心理阴影的。

深到让我在很长一段时间里，都无法正常和女性交往。

接下来我要讲述的这个离奇事件，出自我2020年6月拍摄的一卷录像带，编号"TS046"。

摄影机就位，故事开始。

再次见到陈立时，我根本没认出他来。

陈立是我的高中学长，比我大两级。记忆当中，他无论走到哪儿都能引来身边女生的窃窃私语，是名副其实的校草。

一米八二的身高，既是校篮球队主力，又是文学社社长，他的一套偷拍"生图"曾经在校园贴吧里被高价竞拍。

如今，一个大腹便便的"中年男人"站在我面前。

他满面油光，下巴和下颌骨的棱角已经被一圈肉包裹起来，刘海结成一大缕一直扎着眼角，看得我浑身痒痒。

他对我这个高中时期毫不起眼的小学弟，自然是毫无印象。但当他知道了我们同一所高中之后，立刻一口一个学弟叫得亲热，激动地让我一定要帮帮他。

"以后打死我也不组织同学会了，太邪门了！"

陈立如今是一名银行职员。因为疫情的袭击，整个行业压力巨大。

他陷入了严重的"中年危机"。

身上背负着KPI考核的重压，他不得不向身边的亲朋好友推销起理财产品。这导致他现在发微信请别人吃饭聚一聚，收到的都是各种敷衍的拒绝。

回到家中，陈立与妻子王梦的关系早已名存实亡。

六年前，陈立第一次见王梦。她托着酒杯在酒会上穿梭的倩影，立刻把陈立迷得神魂颠倒，很快向她求婚。

六年过去了，王梦非但美貌不减，还平添了一份成熟的风韵。陈立却从高中校草渐渐变成了一个油腻的胖子，事业上也毫无起色。

曾经风光无限的传球扣篮和写诗作曲，如今已经变成了酒桌上的推杯换盏和油腔滑调。

婚后，王梦越来越看不起陈立，整日对他冷嘲热讽。这种日子对陈立来说每天都是折磨。

陈立终于受不了了，向王梦提出离婚，却遭到王梦的冷冷拒绝。

苦恼之际，陈立想起来，不如搞一个高中同学聚会，借着叙旧的名义，向老同学们推销理财产品。

几杯酒下肚，他们也不好拒绝。如果自己经济上宽裕些，就可以请律师向王梦提出诉讼离婚了。

陈立挑选了一家平价餐厅，给高中同学群发了一条邀请微信。

到了约定的时间，陈立一早就去餐厅订了包厢，但左等右等都没有人前来。

看着一条条"临时有事"的推托信息，他气恼地打算离开。这时，有人推门进来了。

一双修长、笔直的腿踩着高跟鞋进来，裹臀半身裙下是凹凸有致的身材，微卷的长发间是一张妆容精致的脸——一个女人走了进来。

她冲陈立笑了笑，坐到了陈立对面。陈立看得两眼发直，却半晌叫不出她的名字。

她是谁啊？是不是走错了呀？但看她的样子明明又是认识自己的。

对方抬头一看陈立困惑不解的表情，扑哧一笑，主动自我介绍："认不出我来了吗？"

陈立尴尬地笑笑。

"我是景瑶。"

景瑶？

陈立表情凝固住了。

听到陈立说起这个名字，我心头也是一怔。

高中时期的记忆纷至沓来。

当年，陈立和景瑶的事情闹得全校皆知，算是学校里的年度热点事件。

高中时期，暗恋陈立的女生数不胜数，我们班上就有不少女生，把结伴去看他打篮球当作每周的"情人节"一样来过。

景瑶也是无数暗恋陈立女生中的一员。

她是陈立的同班同学，相貌平平，身材有点胖，扔在人群中完全不起眼。

听说她从初中时，就喜欢上了同校的陈立。一直到了高中，同班三年她都不敢表白，甚至不敢主动和陈立说话。

直到高三时，她觉得再不表白就完全没机会了，终于鼓起勇气写了一封情书，悄悄塞到了陈立的课桌里。

陈立拿到情书，看到署名竟然是班上那个丑丑的"胖妹"，觉得这件事荒唐可笑，根本没当回事。

他身边几个哥们儿知道了，反过来拿这件事嘲笑他，说那个"猪头"居然喜欢他。

陈立觉得一阵羞耻，仿佛被这样一个"猪头"喜欢，连带着自己也不堪了起来。

不行！他要和景瑶明确划清界限！

而人类试图和另一群人划清界限的方式从未变过，就是跟着大家一起唾弃他们、羞辱他们、伤害他们。

在哥们儿的怂恿下，陈立把情书拍照发到了校园贴吧上。

这条帖子很快就被顶上了热度第一。许多学生好奇这个叫"景瑶"的女生，到底长了什么天仙模样，敢追校草。

一个匿名用户发了偷拍景瑶的一组照片。

这下可炸开了锅，对景瑶的各种不堪辱骂和嘲讽，像洪水一样席卷了整个论坛。

"癞蛤蟆想吃天鹅肉"算是里面最轻的评价。

"想洗眼睛""死胖子""长成这样还不要脸""谁家猪圈里的猪走丢了赶快领回去"……

种种侮辱性言语在帖子里冒出来。

许多人连带着她的父母一同羞辱，"你妈当年也是这么犯贱才生下的你吧"。

甚至有人诅咒她去死，"赶快去跳楼投胎吧，这样泡到男人的可能性还大一点"。

无数人躲在匿名的ID后面，尽情释放着污言秽语，渐渐演变成了一场处罚"不贞女子"的狂欢活动。

而陈立一直冷眼旁观，或许还和哥们儿一起嬉笑着，念着其中"精彩"的评论吧。

景瑶莫名其妙地发现，在学校里不管走到哪儿，都有人用奇怪的眼神看自己，或者是窃窃私语，甚至发出了嗤笑声。

以往每次都会和她一同上厕所和放学的朋友，也开始找借口远离她，甚至和其他女生一起在她身后指指点点。

她经同学提醒去贴吧上看了看，才知道自己在全校"出名了"。

那一天，学校里每一个人的目光，无论是恶意的还是不经意的，都像一把把尖刀剜着她的肉，要将她凌迟"社死"。

不知道她经历了怎样的情绪波动，第二天她无论如何也不肯再去学校了。

这件事闹大了。校领导也觉得影响不好，把陈立叫到办公室批评了几句，认为他发情书的做法欠妥当。

然后校领导又给景瑶家长打了个电话，说已经批评教育过陈立了。

不过这件事毕竟是景瑶早恋有错在先，也希望她做深刻自我反省。

陈立是三好学生和优秀干部，经常代表学校参加各种活动，校领导自然不希望他的形象遭到玷污。

于是，这场风波就以陈立删帖了事。

他依旧是万人瞩目的完美校草。

而景瑶再也没有来过学校。据说她得了抑郁症，转学去了其他高中。

这件事就像学生时代的其他蠢事一样，淡忘在所有人的记忆里，就好像班上从来就没有这个人一样。

听到那个女人自称是"景瑶"，陈立完全不敢相信，眼前的性感美女，和记忆中的"胖妹"完完全全是两个人。

景瑶也看出了陈立的疑惑，跟他喝了杯红酒以后就大大方方承认，自己去做过整形手术。再加上运动和节食减肥，这才脱胎换骨。

容貌变化对她的人生也产生了极大影响。她现在在商务公司做女高管，混得风生水起。

陈立啧啧赞叹，当年真是没看出来景瑶还有这样的潜力。

看着她手包上的爱马仕标志，陈立想起来王梦也吵着让自己送她这一款包。自己偷偷在网上查了价格，吓得面如土色。

如今，陈立看着熠熠生辉的景瑶，反倒有些自惭形秽了。

陈立心里盘算起来，以景瑶现在的经济能力和人脉，给自己拉几单理财产品生意是轻而易举的吧。

但毕竟当年自己那么对待她……

想到这里，陈立主动举杯敬景瑶酒，然后吞吞吐吐提及高中对她造成伤害的事，表示自己这么多年来一直很后悔，现在看到景瑶混得这么风光，稍微有些安慰。

景瑶却很大度地笑笑："事情都过去那么久了，亏你还惦记着呢。"

原来她根本没放在心上呀，是自己想多了。

陈立彻底放下心来，悄悄打量着景瑶。景瑶正抽出一支唇膏，擦着丰满的嘴唇。

她温柔又性感，举手投足之间充满风韵。

景瑶注意到陈立的目光，抿了抿嘴唇，收起唇膏朝他莞尔一笑。

陈立不免心动。想到家中那个对自己冷若冰霜的王梦，陈立更加心烦。

景瑶似乎体贴地注意到陈立的情绪，主动问起他有什么烦心事。陈立一股脑儿地对景瑶抱怨起了自己的老婆。

一直都没有其他同学前来。陈立和景瑶独自喝酒，气氛逐渐暧昧起来。

景瑶倒酒时，突然痛得"嘶"了一声。陈立连忙关切地询问怎么了。

景瑶解释，自己的腰背不知为什么最近一直很疼。陈立瞅准了时机，上前帮她按摩起来。

陈立的手指顺着她的脊柱探索，景瑶非但没有抗拒，还说舒服了不少。

他们聊起高中时期，陈立是如何风光的。陈立手指按着她苗条的腰肢，感觉到景瑶好像对自己余情未了，内心开始骚动起来。

他借着酒劲大胆试探："今天有点晚了，回去不安全，要不然我们转个场再叙叙旧？"

景瑶回过头盯着陈立，目光意味深长，然后低头微微脸红，算是默许了。

陈立内心一阵狂喜，回到座位上又和景瑶拼了几杯酒。

最后是景瑶扶着醉醺醺的陈立出门打车。

一阵风吹过，陈立醒了醒酒，发现自己已经和景瑶来到了一个小旅馆门口。

陈立拉着景瑶走进小旅馆，沿着狭窄的楼梯走上去。

陈立向前台的旅馆老板递上了自己的身份证。

景瑶这时幽幽说了一句："这么晚不回家，你老婆会不会有意见？"

陈立瞥了一眼墙上的挂钟，是11点整。

他笑了笑："她才不会管我在哪里过夜呢。"

说到这里，陈立还掏出手机，给我和我的搭档阿南，展示了一下自己和景瑶喝酒时的自拍照。

他的描述没有夸张，照片中的女人的确美艳动人。

但我听得有些不耐烦了，就问陈立，为什么一个劲儿地讲述自己的一段艳遇呢？这里面也没有任何奇怪的闪灵事件呀！

陈立让我别着急，邪门的事情很快就发生了。

第二天，陈立在旅馆床上醒来，发现身边的景瑶已经不见了。

估计是有事先走了吧。

回想着昨夜温存的片段，陈立心情不错，哼着歌下楼退房。

他随口问了旅馆老板一句："昨天和我一起来的那个女人是不是先走了？"

老板愣了半天才说："没有，根本就没人下来。"

陈立抬头发现老板正盯着自己，眼神有点奇怪。他也没太在意，只当老板没注意而已。

回家之后，陈立不得不面对冷漠的妻子王梦。他甚至暗示性地向妻子炫耀，自己依旧是受美女欢迎的。

但王梦甚至对他一夜未归都漠不关心，让他这股得意扬扬的劲头生生地撞到了墙上。

陈立越发忘不掉温柔的景瑶。他不禁开始幻想，如果当年自己答应了景瑶，或许现在的生活就完全不一样了。

这时，高中时期的哥们儿给他打电话，道歉说昨天本来是想去的，但实在是没时间。

陈立得意地说他没去亏大了，开始炫耀昨晚的艳遇。

陈立说完，电话那头许久都没有动静。他还以为哥们儿羡慕自己的艳遇呢。结果，那头来了一句："你怕不是见鬼了吧，景瑶三个月前就自杀身亡了。"

原来，自从高中时那件事后，景瑶就得了抑郁症。她辗转了好几所高中，但都无法正常开始生活。

这么多年，她一直在吃药治疗，但病情断断续续就一直没有好过。

终于在三个月前，她留下了一封遗书，遗书中字字血泪，控诉了陈立对自己的伤害。

接着，她从家中窗户纵身一跃，跳楼自杀了。

她的脊柱摔得断裂，当场死亡。

电话这头，陈立一身冷汗。

他脑中闪过景瑶的眼神、别有深意的笑容，还有和自己肌肤相亲的冰冷触感，呼吸滑过自己后颈的瘙痒。

还有，她一直说自己腰背痛……

她是跳楼自杀，摔断了脊柱呀！

陈立的讲述到这里便停止了。

我一时间没有回过神来。

景瑶已经死了吗？

我的内心像被揪住了一样。

陈立突然站起来，一把握住了我的手。

"学弟，你可一定要帮我查清楚到底是怎么回事呀，要不然我这日子根本没法过了。"

我被他汗淋淋的肉手这么一握，顿时有些反感，用力挣脱推得他一个趔趄。

陈立有些吃惊，茫然地看着我。

大抵是想到了一些过去的事情，此时此刻我的情绪有些失控，本能地不想理会陈立。

阿南看出了我的异样，主动向他介绍了我们闪灵录像厅的规矩，调查免费，但整个过程我会在保护隐私的前提下拍下来，然后在录像厅里小规模放映。

陈立点点头满口答应。

阿南突然可靠，让我的心情有所平复。

就在这时，阿南突然又说了一句："你遇到的那个美女一定不是景瑶，而是别人假扮的。"

其实，阿南的第一反应和我一致。

这时候，我也已经完全冷静了下来。

我问陈立："你们开房的旅馆在哪里？咱们事不宜迟，现在就过去看看。"

走进一条弄堂，穿过沿街飘着热气的包子铺、各种小药店，我们和陈立到达了旅馆门口。

这是一所不起眼的小旅馆，门口挂着霓虹灯牌子"明月宾馆"，一看就是常见的几十元钱一晚上的那种。

陈立对这里心有余悸，躲在我们身后跟了进去，爬上了昏暗的楼梯。

"就是他。"陈立进门后，低声嘟哝了一句，告诉我们前台的中年男人就是旅馆老板。

我上前和旅馆老板打了声招呼，说我这个哥们儿怀疑自己被一夜情对象偷了东西，麻烦他帮我查查昨晚的开房记录，看看那个女人的信息。

旅馆老板一听不想惹事，很配合地查询记录。他查着电脑，渐渐皱起了眉头。

我们看情况不对，就问他怎么回事。他把登记记录给我们看了看，只见上面只有陈立的记录，并没有其他人的记录。

"这个记录有可能被其他人动过吗？"阿南问。

老板摇了摇头。

我们三人面面相觑。

旅馆老板朝四周看了看，走到我们旁边，低声对陈立说："我劝这位朋友还是去烧烧香吧，找个高人给看看。"

我们三个人都是一愣。旅馆老板却不肯再说什么了。

我哪能放过这种重要线索？一再追问他。

他才犹犹豫豫说出了那天的恐怖经历。

就在陈立和景瑶入住旅馆的那一夜。

半夜里，旅馆老板回自己房间休息，经过了陈立的房间，听见了一声特别古怪的巨响。

"好像是什么东西坠落，砸在地面上'咚'的一声闷响。"

他心里琢磨是不是把东西给砸了，本来想敲门提醒他们一下，别影响其他客人。后来他一想算了，反正他们也只开了一晚上的房间。

他沿着走廊往前台的方向走去，没走几步突然鬼使神差地回头看了一眼。

只见景瑶站在黑暗的走廊中央，就在房间门口，一言不发地盯着自己。

旅馆老板吓了一跳，但镇定下来问："你需要什么吗？"

话说出口，旅馆老板突然想到一件事。

自己根本没有听见开门的声音，这个女人是怎么出来的？

他心里有些发虚。

景瑶像完全听不到旅馆老板的话一样，转身缓缓朝走廊尽头走去，然后一只脚踏在了窗户上，伸手扶住了窗框。

旅馆老板浑身僵在那里动弹不得。

景瑶回过头，阴恻恻地朝他笑了笑，接着身影一闪，飞快从窗户跳了下去。

这里是三楼啊！

旅馆老板吓得心惊肉跳，许久才鼓起勇气快步到窗边朝下看。

下面是停车场，零零散散地停放着车辆，却根本见不到景瑶的身影。

旅馆老板魂不守舍地回到自己房间，关上了门，一直到天亮才敢出来。

听完旅馆老板的讲述，陈立几乎瘫倒在地。

我对此还是将信将疑，问旅馆老板有没有那天11点前后的监控录像。

旅馆老板点了点头，现场开始调取旅馆门口的监控录像。

奇怪的是，监控录像只拍到陈立独自一人来开房，然后第二天自己离开了。

景瑶就像被抹掉了一样，彻底没有了踪影。

一切都在证明，陈立和一个女鬼共度了一夜。

我们打了辆车，把陈立送回家。

一路上，陈立神志已经有些恍惚，嘴里不停念叨着"对不起""不要缠着我""我不过是把情书发了上去，错的是那些骂你的人啊"……搞得司机对我们频频侧目。

送走陈立，我和阿南立刻展开了调查。

现在唯一的线索，就是陈立手机里和景瑶的那张自拍照。

商务公司的女高管，目前关于她的身份信息太少了。

不过，景瑶这个名字并不常见。于是，我把照片拿给在商务行业的朋友，让他帮忙问一问有没有人知道。

几天下来，一无所获。景瑶似乎真的如鬼魅一样踪影全无。

我意志有些消沉，一支支连续抽着烟，烟灰缸上插满了烟头。

整个家里被我弄得乌烟瘴气。

阿南看不下去，咳嗽着推开窗户，拍了拍我，问："你还好吗？很少看你这样。"

"没事。调查没进展，我有些心急罢了。"我摆了摆手。

"我们再去找一趟陈立吧，看看还有没有信息漏掉。"

"我给他打个电话。"我强打起精神。

电话里，陈立声音低沉，让我直接去他家找他。

到了他家门口，我敲了敲门，过了好半天，他才给我们开门。

我吓了一跳，这才过去没几天，陈立整个人像是老了十岁。他目光呆滞，动作迟缓，我问他一句他似乎要理解半天才能反应过来。

有时候我喊他一声，他就像吓了一跳，露出了受惊的小动物一样的表情，警惕地四下张望。

原来，那天陈立回去之后，心里一直想着景瑶，在工作中总是很惶恐，一连得罪了两个重要客户。经理一气之下辞退了他。

他现在整天在家中闭门不出，完全失去了经济来源，现在跟王梦说话都不敢大声，更别提离婚了。

有些出人意料的是，王梦并没有抛弃他，还照顾着他的基本生活。

准确地说，王梦对他的态度丝毫没有变化，他就像是家里一个丑陋的摆件。

我看着房间里陈立和王梦的合影，王梦确实是一个美人，陈立这小子真是不知足啊。

看着陈立可怜巴巴的模样，我竟然一点都不同情他。

说话期间，陈立一直看着挂钟。不到5点，他就催促我们赶紧走，一会儿王梦下班了，看到家里有陌生人会不高兴的。

从陈立家出来以后，我有些失望，没有得到任何新的信息。

阿南却突然说："咱们真是笨啊，一直在舍近求远，一开始我们就应该去调查一下那个旅馆老板。"

旅馆老板？

我心里的迷雾被拨开了。

的确。整个事件里面，最离奇的一段描述，就出自旅馆老板之口。而各种能证明景瑶是女鬼的证据，也和他直接相关。

无论怎么想，他都十分可疑。

我和阿南立刻赶往了明月宾馆，却赫然看见玻璃门用一把大锁锁上了。

旅馆老板已经不见了。

不过很快，事件就有了关键性进展。

我通过明月宾馆这个名字，很快查到老板名叫王炜，他的妻子已经去世了，名叫景月。

王炜和景瑶的关系昭然若揭。

阿南这两天也一直不在家，说自己有些疑问要查一查。

我查到这一步，赶紧兴奋地找到阿南，说出了自己的推理。

旅馆老板就是真正的景瑶的父亲。女儿自杀以后，他决定对陈立展开报复。于是，他雇用了一个女人，大概率是在夜总会工作的，假扮成景瑶参加同学会。

当晚，陈立之所以会明确记得自己和"景瑶"登记时是11点，是因为"景瑶"似乎随口说了一句："这么晚不回家，你老婆会不会有意见？"

陈立这才看了一眼旅馆墙上的挂钟是11点。但实际上那个时钟是被调过的，当时根本不是11点。

监控录像中11点出现的独自登记的男人，一定是旅馆老板找的与陈立身形相似的人假扮的。

这样，旅馆老板就坐实了陈立遇见"女鬼"的事实。果然，陈立被吓到丢了工作，活得十分凄惨。

说到这里，我忍不住向阿南炫耀，这一次我终于抢在他前面推理出了所有真相。

阿南一直微蹙眉头，憋了半天又说出这么一句："事情没有这么简单。"

我有些恼火，刚想反驳，阿南就打断了我："你这段猜想的前提，是景瑶在三个月前自杀了，她的父亲设计了整个事件来替她报仇。"

我点点头，难道不是这样吗？

阿南摇了摇头："其实我们和陈立一样，很容易就陷入理所当然的误区中。这起事件中，撒谎的可不止旅馆老板一人。"

"咦?"我有些惊讶。

"实际上,我也查了一下,三个月前根本就没有一个名为景瑶的女人自杀。告诉陈立这个消息的哥们儿,也在撒谎。"

这是为什么呢?

"我私下找这个人聊过了。他就是当年怂恿陈立发情书到网上的学生之一。几天前,他接到一个电话,对方自称是景瑶的父亲。对他说,他很清楚自己对景瑶做过什么。如果不想被报复的话,就按照他说的做,其他的都不要问。于是,他就在聚会日第二天给陈立打去了那个电话。"

原来是这样,如果他是说谎,那说明景瑶很有可能还活着。

我心头一动,重新有了活力。

我开始在网上搜查景瑶的信息。

之前,我托了一个在互联网大厂工作的程序员哥们儿,帮我写了一个网络爬虫程序,只要输入关键词和相关图片,就可以通过大数据在网络上自动搜索信息。

多亏了网络的发达和社交网站的兴起,我用不着跑断腿,通过爬虫程序就可以抓取我想要的信息。

互联网是有记忆的,就算是被删掉的帖子也会留下存在过的痕迹。

屏幕上,爬虫程序自动运行着,不停地跳出各种繁杂的信息。

我筛选了一下,大致拼凑出来:景瑶转学到了本市另一所高中，然后考进了外地一所普通大学。

但之后她的信息就不见了，好像在网上蒸发了一样。

我有些气恼。

事到如今，我只好找三寻求助，托她帮我查一查当年景瑶转学后的生活经历。

我正要挂断电话，阿南叫住了我，说要和三寻说几句。

我把手机递给阿南，阿南跑到一边嘀嘀咕咕和三寻说了什么。我好奇地问阿南说了什么。

他又跟我卖关子："我托三寻帮我查一件事，如果我的猜想没错，很快就会有结果。"

过了几天，三寻给我来了一个电话，让我把手机给阿南。

阿南听到三寻的话，难掩兴奋："果然和我猜的一样。"

阿南托三寻通过内部人士，查了查景瑶大学毕业那年，她所在的城市整形医院里22岁的女士。

三寻发现了一个惊人的事实：景瑶确实接受过整容手术。

这个消息颠覆了我对整件事的看法。我脑中迅速过了一遍整件事。

那个夜总会女郎居然没有撒谎，她真的就是景瑶！

她联合自己的父亲导演了这么一出"闹鬼"的戏码，目的就是报复当年网络暴力的始作俑者陈立吗？

一定是这样。

我说出了自己的推论，询问阿南的看法。

阿南却完全没听我说话，自顾自地用手机不知给谁发着信息。

我正要追问阿南，他却放下手机站了起来："走吧。"

"去哪里？"

"陈立家。"

阿南带着我到了陈立家附近的一家咖啡馆，坐下来，然后又发了一条信息。

阿南这时候放下手机，说："刚才我给王梦发了信息，约她在这里见面。"

"王梦？"

这小子在搞什么鬼？

"不过，我是以景瑶的身份约她出来的。只要她出现，就可以证明我的一个猜想，她和景瑶是认识的。"

我脑中突然灵光一闪，打断了阿南的话。

我从来没有怀疑过王梦，如果王梦也和这件事有关……

一个想法在我脑中迅速成形：

陈立已经丢了工作，还变成了现在这个样子，王梦却依旧对他不离不弃。这一点我之前就有些疑惑……或许王梦依然爱着陈立。她对陈立高中时霸凌别人的事也一清二楚。她不知通过什么方式，与整容后的景瑶联系上了，希望景瑶帮自己一个忙，打消陈立离婚的想法。同时，景瑶也可以报当年被陈立网络暴力的仇。

阿南笑了笑，正要说什么，我再次打断了他。

因为，我看到王梦走了进来。

她的确和景瑶认识啊。

阿南回头朝王梦招了招手。

王梦脸上一阵疑惑，警惕地朝我们走了过来。

"信息是我发的。"阿南开门见山，"我们是陈立请来做调查的。约你过来，只不过是想证明我的一个猜想。"

王梦迟疑了一下，还是坐到了我们对面。

"你就是景瑶。"他对王梦说。

我十分震惊。

从眼前王梦竭力控制的表情来看，我确定阿南说得没错。

阿南开始说出自己的猜想。

景瑶的确整过容，也的确报复了陈立。

但她报复的方式，才不是吓唬他一下这么简单。

她报复的方式……

阿南一字一顿地说："是彻彻底底、完全毁掉这个人。"

当年，景瑶因为网络暴力深受打击，得了抑郁症。

不知她这些年是如何度过的，但可以确定的一点是，她至今仍然受着抑郁症的折磨。

因为阿南上次和我一起去陈立家时，注意到卧室里有一瓶抗抑郁药"黛力新"。

大学毕业以后，景瑶去医院做了整容手术，变成了一个漂亮性感、极有魅力的女人，并改名为王梦。

外表变美了，她的人生也开始一帆风顺。

后来，她在一场酒会中和陈立重逢。陈立自然没认出她来，对她大献殷勤。

景瑶内心一定觉得非常可笑，或许是那一刻她就决定对陈立展开报复。

她轻而易举就让陈立神魂颠倒，向自己求婚。

婚后，她却对陈立展开了漫长的精神折磨。

生活当中，景瑶看似对陈立没有任何虐待行为，但她的言行举止却始终透露出明显的虐待意味，她会经常打击陈立的信心，对陈立的失败不断地嘲讽甚至羞辱。而每当陈立主动向她示好时，迎来的又是一股"冷暴力"。

在景瑶漫长的打击下，陈立果真一点点放弃了自己的人生，丧失了信心，开始自暴自弃。

一直到前一段时间，陈立终于受不了了，向景瑶提出了离婚。

这明显有些出乎景瑶的意料，她以为在自己长年的施压下，陈立已经完全丧失了反抗意识。

她不能允许陈立脱离掌控，更不能容忍陈立反抗，必须对此给予严厉的惩罚。

或许还有一个原因，她希望陈立对当年对自己做出的事忏悔，但又不能让陈立知道自己的身份。

于是，景瑶暗中找到父亲王炜联手，设下这个圈套吓唬陈立，让他饱受新一轮的折磨。

遭到了这样的折磨，陈立彻底丧失了自我，根本无法离开景瑶。

永远也不能离开自己，但却要一直被自己折磨。

这就是景瑶能想到的最佳报复手段。

阿南说完了自己的猜测，和我一起安静地等着王梦的反应。

许久以后，王梦眼中出现一抹恐惧，这是一种发自心底的恐惧。

这恐惧，来自高中时期那一条条评论和一道道目光。

"我现在经常半夜梦到那件事，还是会惊醒，必须靠安眠药才能好好睡一觉。

"那件事发生以后，我写好了遗书，一只脚已经踏在了窗户上，就要跳下去。我脑子里面只想着一件事，跳下去就一了百了了。但被我爸爸发现了，他把我拽了下来，24小时看着我，这才保住了我的命。

"不知道过了多久，我才开始渐渐想明白，这件事或许不是我的错。

"从那时候开始，我脑子里只有一个念头，让做错的那个人付出代价。就是这个念头支撑着我活了下来。"

听着景瑶的话，我实在受不了了，脱口而出问她："景瑶，这样你也要赔上自己的一生，值得吗？"

不知是景瑶还是王梦回答了我："景瑶在那一刻已经跳下去了，她已经死了。"

我感到一阵胸闷，喘不上气来，站起身快步走出了咖啡馆。

我颤抖着摸出了一根烟点上。

看着白烟缓缓向上飘浮，我陷入了一种茫然的状态中。

不知道是因为生气，或者是什么情绪，我夹着烟的手指止不住地发抖。

就在这时，一阵咖啡的香气充满了我整个鼻腔。

转过头，我看见了阿南。

阿南站到我的身边，沉默着将咖啡递给我。随后，他问我要烟。

我知道他从来不抽烟，但还是给了他一根。

阿南果然呛了一大口。

我们两个静静地站着，谁都没有再开口。

许久后，我看向他。

"你明明看出我对陈立有明显的敌意，不问我为什么吗？"

阿南静静地看着远方。

"如果你想说的话，我想我是个好听众。"

我看着阿南笑了笑。

"我以为你这样的人，从不会对别人的事感到好奇。"

我低头看着手里的烟一点点燃尽，叹了一口气。

或许是真的需要一个释放情绪的出口，我最终还是将一切告诉了阿南。

高中时，我和景瑶有过非常短暂的交集。

那时候我上高一。有一天中午，我去学校食堂吃饭，发现自己忘带饭卡了。

我饥肠辘辘，回家去拿完全不现实，周围也没有能借饭卡的同学。

这时，景瑶在一旁看到我的窘境，就把饭卡借给我，算是请我一顿。

我满怀感激，和她一起吃了一顿饭。

吃饭时，她似乎有心事。我就随口打趣："学姐是不是恋爱了？"

她脸上露出一片绯红。

她吞吞吐吐地说，其实自己正在犹豫，是不是应该大胆一点去表白。

我立刻鼓励她："当然啊，否则你以后一定会后悔的！"

告别时，景瑶似乎下定了决心。

不久以后，我就在学校的贴吧上看到了那个帖子，这才知道那天请我吃饭的好心的学姐，就是景瑶。

我分析了当时的时间，景瑶应该就是在和我吃过饭的当天，给陈立的课桌里塞了情书。

换句话说，如果不是因为我的鼓励，她或许不用遭受这一切。

我良心受到谴责，一直关注景瑶的情况。

我在贴吧上试图发帖，让大家停止对她的责难，但我微弱的声音很快被淹没在不堪的辱骂声中。

看到她在校园里孤零零的身影，我不知如何上前去安慰她。

或许，我内心也有一丝恐惧，恐惧和她这样一个被排挤的人扯上关系。

那我也会被连带着排挤吧……

我不过是用不痛不痒的举动来抚慰自己的良心，一旦可能危及自己就退缩了。

我不过也是一个虚伪的、冷漠的旁观者啊！

后来，我得知她转学了，接着就完全失去了消息。

我一直自我安慰，或许这件事对她的影响不会那么严重，或许她迟早会忘掉这一切吧！

陈立的出现，唤醒了我高中时的记忆和良心的不安。

我不禁一遍遍想着，景瑶那一天是在告白与否的两种可能性之间徘徊。

而我的无心之语，虽然作用轻微，却给告白的选择加了一个砝码，最终让她做出了那个决定。

如果……那天她没有遇见我，人生会不会就不一样了呢？

阿南听完了我的故事，沉默了片刻说："我们还是不要把实情告诉陈立了吧。"

我有些惊讶阿南会说出这样的话。

"如果这件事里有人该被惩罚，那绝不该是你和景瑶。"

这时，我看到景瑶从咖啡馆里走了出来。

一瞬间，我看到了那个请我吃饭的高中学姐。

她两颊绯红，目光清澈，满脸是恋爱的甜蜜。

她眼中，充满对未来、对人生的希望。

那时她还没有见识过人间无端的恶意。

如今，王梦看着我，她的目光黯淡，没有一丝神采。

她的表情阴冷，让我脊背发凉。

或许，在她内心最深处的某个角落，还爱着当年那个让她暗恋了许多年的学长吧。

或许，这份情愫早已被仇恨侵蚀殆尽。

一切都不得而知了。

如果能回到高中时的那天，我还会再鼓励那个天真的女孩去告白吗？

前史篇·雨夜

人间富江，杀不死的"禁忌女孩"

我叫小北，今天要讲的故事，与其他的闪灵档案中的故事有所不同。

这个离奇事件没有编号，也并没有被录制下来。

这是一件颇为久远的事，也正是因为这件事，才促使我开了闪灵录像厅。

许多年来，我从未对人提起过那一夜，不是不想，而是不知该如何提……

那年，我还在一家地产公司过着朝九晚五的的生活。出于一些工作原因，我与同事一起去了北方一个偏僻小镇附近的原始森林。

临近深夜，狂风呼啸，林中下起暴雨，远处隐隐有野狼在嚎叫。

慌乱中我脱离了队伍，迷失在了这漆黑的雨夜中。

作为一个从小生长在城市里的孩子，我对野外生存可谓一窍不通。

我只能凭借仅存的镇定，沿途留下标记。同时迅速寻找一个能够栖身的场所，等待救援……

手机终于消耗掉最后一丝电量，我失去了最后的光源，也失去了对时间的判断。

不知道走了多久，或许是一小时，或许是几小时。我开始感到疲惫和寒冷。

就当我已经绝望的时候，远处出现一丝模糊的光亮，让我几乎当场落泪。三步并作两步，我朝着那丝光源飞奔过去。

那是一间山间木屋，虽然破旧，但对于当时的我来说已经足够奢华了！事实上，我早已经做好了随便找个树洞、山洞，或者干脆露宿野外的打算。我站在门口，喘息着抹掉脸上的水，让自己看起来"整洁"一些。

"咚咚"，我轻轻叩响门。

咯吱一声。

门被缓缓拉开了一条缝隙，一双黝黑的眼睛通过门缝端详着我。

"打扰了！我和我的伙伴走散了，能不能借地避避雨？我可以付一些报酬！"

开门的人没有说话，只是警惕地审视着我，让我不禁有些着急。如果被拒绝的话，我恐怕等不到搜救队出现了……

"拜托！我并不是什么奇怪的人，也并没有恶意！"

我努力证明着自己的"清白"，微微打战，希望能够博得一丝同情。

"进来吧。"嘶哑的女声在此刻的我听来，犹如天籁。

而直到对方侧开身，我才借着光亮，看清了她的容貌：一个穿着校服的十七八岁少女。我愣了愣，随即看向屋内。

房屋内随处可见点燃的红色蜡烛。在中心区，蜡烛的摆放更是呈密集状，仿佛正在进行某种奇怪的仪式……

两个男孩披着毯子坐在"蜡烛堆"前烤火。与开门的女孩一样，即便有烛光映衬，他们的脸色依旧十分苍白，眼神中也透露着呆滞。

一阵冷风袭来，烛光晃动，我不禁打了个寒战。

"进来吧。"女孩催促。

我回头看了看身后狂风暴雨的密林，又看向这座诡异的木屋。如果不是被现状逼迫至此，我想我绝不会踏进这里。

而现实摆在眼前，相比于葬身荒野，我最终还是选择了战胜心中那一丝莫名的恐惧。

我走进屋，轻手关上门。借着烛光，我打量起女孩来。

漆黑的长发柔顺地垂着，整齐的刘海儿略长地盖在额头上；带着阴郁的双眼形状姣好，眼尾下方有一颗小小的痣。

这副打扮让我感觉有些熟悉。略微一想，我惊觉：这不就是活脱脱从漫画里走出来的"富江"吗？

女孩瞥了我一眼，转身走到一旁。

我尴尬地收回视线，意识到自己盯着对方的行为有些不礼貌。

"过来烤烤火吧。"梳着寸头的男孩说道，并让了个位置给我。

我干巴巴地说了一句"谢谢",快步坐到了"蜡烛堆"前。

"为什么要点这么多蜡烛呢?直接开灯不就好了吗?"我没忍住,问出了最开始的疑惑。

寸头男孩莫名地看了我一眼。

"大山里哪有什么灯……"

"我看那边有个炉子,烧点木柴不是很方便?燃这么多蜡烛很危险的……"我继续道。

刚刚我就观察到了,所以才更觉得疑惑。

"你没进过山吧?"

"呃……是的。"我感受到了他的鄙视。

"这是猎户的地盘,进山打猎的人会临时在这儿落脚。生活用品是有,但很少。虽然备了干柴,但都是随便堆在院子里的。雨这么大,柴早就被打湿了,根本燃不起来。"

哦,原来是这样。我松了一口气,只剩下对自己"无知"的尴尬。

很突然地,房间里响起了音乐声,我被吓了一跳。

仔细一看,原来是旁边老式DVD里放起了周杰伦的《七里香》。

我有些吃惊。

虽然现在的中学生知道周杰伦也很正常,但会听《七里香》这种十几年前的歌的人,还是很少见的。

想到这里，我环视起四周来，这才注意到了这间屋子有多"复古"。

墙上贴着周杰伦的早期海报，DVD上贴着《灌篮高手》《数码宝贝》的贴纸，不远处的椅子上还丢着一堆杂志、漫画。我略略扫了一眼，最上面的是《圣斗士星矢》。

不知怎么，我总感到一种违和感。这幢木屋里的一切，都给了我一种重回20世纪90年代的错觉……

我觉得，这或许是我从没来过北方的缘故。

以前只听说过相较于南方，北方的一些地区发展速度缓慢不少，只是我没想到，这个"慢"会慢上这么多……

或者，这是另一种形式的"文艺复兴"？

"你们是在县里上学的学生吗？"看见那个很像"富江"的女孩走过来，我挑起话题。

"算是吧。"她模棱两可地说道。

"算是吧"是什么意思？这个问题难道很难回答吗？

"喝一口暖暖身子吧。"

她并没给我追问的机会，只是将手中的碗递了过来。

我连连道谢，有些不好意思。但随即，我愣住了……

"这……是什么？"我喉咙干涩，磕磕绊绊地问道。

女孩端在我面前的碗中盛放着深红色的液体……液体缓缓围绕碗口晃动，在边缘挂上一圈淡淡的红，像极了血的颜色。

女孩看着我，似乎带着说不清、道不明的情绪。

"你在害怕？"

"什么？"我本能地回道。

"这只是红豆汤。"

女孩将碗凑到我的鼻尖前，一股淡淡的红豆香气扑鼻而来。

啊……面对她调笑的表情，我只能佯装淡定地将红豆汤喝了个干净。尴尬了……

随后，我开始绞尽脑汁地想要缓解尴尬的气氛。

女孩从那堆漫画里拿起一本，我的视线不自觉地瞥了过去。

那是一本很旧的"富江系列"漫画。

"你也喜欢看《富江》吗？"我故意抛出话题。

"还好，我只是对富江这个人很好奇。"

"有一部泰剧，叫《禁忌女孩》你看过吗？女主娜诺和富江是一种类型哟！"

我兴奋地将话题扩展开。

"娜诺？没听说过……"

我被对方的话噎住了。

所以现在的高中生用的是2G网吗？还是我们之间存在代沟？

我正疑惑着，突然听到女孩的声音。

"你似乎也对富江这样的人很感兴趣？那你相不相信真的有富江这样杀不死的人呢？"

我愣了愣，感到有些无语。

"那只是艺术创作，哪会真的有呢？哈哈。"

"我们就认识一个杀不死的人！"

"轰隆"，一声惊雷。

伴随着闪电，我看见了女孩脸上诡异的微笑。而刚刚一直垂着头的两个男孩，也直直地朝我看了过来。

我咽了咽口水。

"你不要怕，如果你不相信，就当成一个故事来听吧。"

女孩抱膝，剪断过长的烛芯，缓缓道：

"她叫孙胜男，是文华高中2005届的高三毕业生。"

2005年的清明节，初春的北方还十分冷。

晚自习后，孙胜男打扫了教室，拎着垃圾走向后操场的垃圾箱。

"喂！"

听见声音，孙胜男停下脚步，狠狠打了个哆嗦。又是他们……

"脏狗，上次你不是很厉害吗？还敢还手！"王娟一边说着，一边抠着指甲上坑洼的指甲油。

李猛搂着王娟的腰靠在一旁，随手将烟蒂丢到孙胜男脚边。作为王娟的男友，李猛自然要和王娟统一战线。

"带她去后山。"

李猛昂头发话，踢了踢站在一旁的跟班孟森育。孟森育脸上闪过一丝挣扎，最终僵硬地走上前。

孙胜男不发一言，只是浑身抖得像筛糠一样。

孟森育没费多大力气，拎着孙胜男的衣领，将人拖曳向后山。

"脏狗，走快一点！"远处传来王娟带着兴奋催促的声音。

夜色浓重，风雨欲来，似乎预示着一场人间惨剧……

脏狗这个带有侮辱性的绰号，伴随了孙胜男整整三年的高中生活。而一切的源头，就是王娟。

孙胜男出生在县城旁的农村里，家里世代务农，住的屋子都是草木灰堆砌的平房，十分贫困。

一般的农村家庭，家中都有姐妹兄弟好几个。

但计划生育后，家家都是独生子女，北方抓得最严，大家被罚怕了，没人敢偷着生。所以，北方涌现了一大批叫"胜男"的独生女，字面意思就是"胜男"。

孙胜男学习很好，一路以第一名的成绩升入县里的文华高中。而让她没想到的是，正是高中三年，成了她人生中的至暗时刻。

王娟和孙胜男是同班同学，也是同寝室友。

或许是因为鄙视孙胜男出身农村，或者是因为嫉妒孙胜男成绩、样貌俱佳，总之，王娟心中不断滋生浓浓的恶意。从一开始的言语讥讽，到暗地里的诋毁谩骂。最终，因为一条毛巾，事情逐渐开始走向失控。

"我毛巾上怎么有股怪味？孙胜男！是不是你用了我的毛

巾？我都闻出来了，这就是你身上的怪味！"

在王娟刻意的宣扬下，很快，全班甚至整个年级的人，都知道了孙胜男身上有怪味。再后来，她的绰号就成了"脏狗"。

孙胜男被动地承受着这一切，而她的沉默换来的却是更加猖狂的拳打脚踢。

后山的风十分阴冷，夜雨将袭，没有一丝光亮。

王娟抱着双臂，俯视着被推搡倒地、身上沾满污泥的孙胜男。

啪的一声，一个巴掌落在了孙胜男的脸上。

"脏狗，上次你不是很厉害吗？敢骂我？还敢还手？"

又是接连好几个巴掌落在孙胜男的脸上。

李猛点上一根烟，蹲在孙胜男面前，面无表情地将燃起的烟头按在孙胜男的手上！

惨叫回荡在荒凉的后山，惊起一群飞鸟。

"狗就要有狗的样子。你落王娟的面子，就是打我的脸！"李猛凶狠道。

"孟森育！把这条脏狗的衣服扒了！"王娟冷笑道。

孟森育明显有些犹豫。

"我看吓唬吓唬她算了，万一出事了……"

"出事了我扛着！"李猛将孟森育踹了一个趔趄，催促道。

"不要！求求你们！"

孙胜男一边向后退，一边无力地求饶。

李猛抽了一口烟，没有表态。王娟也只是冷眼斜睨着。

孟森育咬着牙，上前强行将孙胜男的衣服全部扒了下来。北方四月的夜晚，零下的气温，被扒光的孙胜男很快冻得哆嗦起来。

"狗都是爬着走的！你爬一个我看看！"王娟笑嘻嘻道，顺便照着孙胜男身上踢了一脚。

片刻后，孙胜男缓缓开始了爬行。

"猛哥，要不算了吧？别看她现在乖乖听话，你忘了？她这个人神经得很！以前好多次疯了一样反抗！逼急了怕是要出事！"孟森育再次小声说道。

"怕个屁！你尿什么？有事我扛着！"

孟森育彻底闭嘴，神情麻木地跟在后头。

很快，孙胜男被驱赶着爬行到路尽头陡峭的悬崖旁。

崖顶没什么遮蔽物，只有呼啸的风。

王娟把冻僵的孙胜男逼到悬崖边，用尖锐的指甲掐着她的脸。

"脏狗，你要是乖乖听话，我就饶了你。不然我就把你的裸体视频发到网上！让所有人都看看你脱光的贱样子！到时候，就算你上了大学，也是被人指指点点，受人唾弃！"

孙胜男听罢狠狠挣扎起来，沾着泥的手无意中拍在了王娟的脸上。

伴随着王娟的尖叫，场面混乱起来。王娟和李猛殴打着孙胜男，孟森育混在中间，拉扯着两方。

"你们会遭到报应的！你们一定会遭到报应的！"孙胜男死死地盯着王娟，宛如恶鬼的眼神，让对方戛然止住了叫声。

随即，孙胜男十分突然地向后一仰，整个人瞬间便从悬崖上坠落了！

深不见底的悬崖，黑洞洞的，仿佛能够吞噬一切。

站在崖顶的三人彻底愣住了。李猛口中的烟掉落在地。

"死，死人了！"

王娟第一个回过神来。

孟森育后退了几步，惊恐地坐在了地上。

"怎么办？死人了！李猛！"

面对王娟的求助，李猛狠狠搓了搓脸，表情逐渐变得狠戾。

"反正没人看见！只要我们保守秘密，谁又能知道？"

对！反正没人看到！

就算有人问，也是活不见人，死不见尸！

就这样，三人安慰着自己，仓皇逃离，只留下坠落崖底的一具赤裸、无辜的尸体……

短短一个周末，三人却度日如年。

王娟神经质般地注意着周围的风声。

孙胜男的死仿佛石沉大海，她的家人并没有因为孩子的失踪来学校寻人。

事情似乎就这么过去了。

终于，三人惴惴不安的心落了地。

星期一的早上，王娟三人少有地起了个早。空荡荡的走廊里，他们隐隐听见了教室里传来的背诵单词的声音。

是谁？这么早！

过去都是孙胜男第一个到校早读……想到这里，三人背上同时生出了一丝寒意。

李猛咬咬牙。

"少在这儿自己吓自己！"

说罢，他大步过去，推开教室的门。

"谁？"

仿佛被掐住了脖子一般，李猛双目圆睁，惊骇地看着一如往常地坐在教室里的女孩。

"孙胜男……"

紧随其后的王娟见此场景，一声尖叫坐在了地上。

"你……你不是死了吗？"王娟打着战，整个人都吓傻了。

孙胜男的视线从书本上移开，缓缓看向三人。

随即，她微微一笑，带着邪恶的眼神令人不寒而栗……

"好久不见。"

孙胜男看着三人落荒而逃的背影，目光重新落回了书本上。

"渣滓们，这只是一个开始……"

后山悬崖下的密林里，王娟三人发狂地寻找着孙胜男的尸体。

"怎么会没有？怎么会没有？"王娟尖叫着。

孟森育恍惚地瘫坐在地上。

"她又活过来了！完好无损地出现了学校！这究竟是怎么回事？！"

三人都沉默了，密林陷入了寂静。

许久之后，王娟双目呆滞，喃喃道："她究竟是什么东西？"

"你们说，她会不会是……鬼？"孟森育小声道。

"少放屁！有大白天出来的鬼吗！"

李猛发泄似的踢了孟森育一脚，随即脸色惨白地靠在一旁，一根烟接一根烟地吞吐起来。

"不然……我们告诉老师吧？或者报警？"孟森育瑟缩道。

李猛咧嘴苦笑。

"告诉老师？报警？怎么说？说我们杀了一个人？第二天这个人又复活了？"

"就这么实话实说……"

李猛一个箭步上前，扯住了孟森育的领子，将他半拎起来。

"我告诉你，先不说有没有人相信，单说杀人！那可是犯罪！你给我把嘴闭严了！"

"可我们现在该怎么办？"

李猛愣了愣，松开了孟森育，将烟头按在旁边的树干上。

"回学校！他妈的！我倒要看看，这究竟是人在搞鬼，还是鬼在搞鬼！"

李猛凶狠道，眼神中却带着一丝不安。

王娟三人带着惊恐回到学校。一整个上午，三人一直小心地观察、审视着孙胜男。但对方和之前没有丝毫不同。

中午午休，王娟躲在厕所隔间吸烟，脑子里翻来覆去想的都是孙胜男的死而复生。

咯吱一声，卫生间的门被推开了。脚步声缓缓响起，最终停在了隔间门前。

王娟愣了愣，探头在门缝处朝外打量。

突然，一只眼睛贴了上来，与王娟紧紧相对。

王娟吓得后退两步，紧紧地靠在了脏兮兮的水管上。

"好巧啊，又见面了。"隔着门，王娟听见了孙胜男带着戏谑的声音。

王娟吓呆了，半天才回过神来。

她疯了一样地冲出隔间，抓住了孙胜男的手臂，愣了愣，继而伸手按在了孙胜男的胸口上。

"你是……活的……"王娟喃喃道。

"我是吗？"

孙胜男诡异地笑着，王娟受惊甩开了孙胜男的手腕。

"你……真的是孙胜男吗？"

"你说呢？"孙胜男歪头问她。

"你到底是什么东西！你究竟要干什么？"王娟神色逐渐癫狂了。

孙胜男看着王娟，突然后退几步，神情惊恐地抱头蹲下。

"我只是开一个玩笑！王娟！你不要打我！"

孙胜男一边说一边发抖。

王娟站在原地，许久都没动弹，片刻后，神经质地笑了起来。

"死了……明明已经死了……"伴随着这样的低喃，王娟走出了卫生间。

一直颤抖着哭泣的孙胜男默默抬起头，脸上不见丝毫泪痕，只有阴郁的冷笑。

"就算她真的是个活人，那也一定不是孙胜男！你们疯了吗？哪有人能死而复生？"李猛说着，一脚踢翻旁边的椅子。随即，李猛猛然一愣。

"说不定是双胞胎？对！一定是双胞胎！"李猛惊呼。

王娟和孟森育也回过神来。

"查！下午咱们分头查！一定要把这件事搞清楚！"王娟尖声道。

很快，三人便行动起来。

孟森育偷偷进了档案室。

　　李猛更是跑到了孙胜男家的村子，从街坊四邻，到孙胜男就读的小学、初中，通通打听了一遍。

　　"哪有什么双胞胎呀！这种学习好又勤快的孩子，有一个都是祖坟冒青烟！"

　　"什么？长得一样的人？哪有这么玄乎的事啊！真有我们能不知道？"

　　"丧事？孙家哪有什么丧事！你小小年纪怎么咒人呢！前两天周末他们全家还欢欢喜喜去县里咧。回来的时候驴车上拉了好多买给孩子的习题册！村里要真出了大学生，我们脸上也都有光咧！"

　　就这样，直到日头微沉，三人也没有得到自己想要的结果。

　　没有任何证据表明孙胜男存在一个双胞胎姐妹。

　　"我不相信！怎么可能不是呢？"李猛抓狂地嚷着。

　　"现在怎么办？她会不会报复我们？"

　　孟森育惶恐地看向李猛和王娟。

　　"报复？让她来啊！她如果真敢！我就再杀她一次！"

　　李猛话音一落，瞬间，三人都安静了下来。孟森育和王娟看着李猛，眼神中带着犹疑和试探。

　　李猛见状愣了愣，随即有些茫然。

　　"你们为什么这么看着我？"

　　"我们，要不要……杀了她？"王娟说着，神色染上兴奋，"这样的话，就算她真的有双胞胎，也死干净了吧！从今以后就再也没有孙胜男这个人了！"

王娟话毕，期待地看着孟森育和李猛。

许久后……

"杀了吧……在她报复我们之前……"

李猛惊讶地抬起头，没想到这句话是从尿货孟森育口中说出来的。而孟森育脸上的表情也着实有些骇人。

怪不得，老人讲"咬人的狗不叫"。有时候，越是看似胆小的人，发起狠来就越残忍……

"好，但这件事，要由你来动手！"

李猛死死地盯着孟森育，直到对方点头。

又是放学后。孙胜男关上了教室的灯，走在漆黑的走廊里。不远处的电脑教室亮着光。

孙胜男走了过去，透过门上的玻璃看见一台电脑正冒着蓝光。

孙胜男走进教室，依流程关机。

而就在屏幕暗下的一瞬间，孙胜男看见了屏幕上映射出的身影。

有一个人，正站在自己的身后！

没等她有所反应，一双手猛地捂住了她的口鼻。随后，孙胜男挣扎着被人拖曳进黑暗中。

当孙胜男再次醒过来的时候，整个人正蜷缩在一个木箱里。

王娟三人站在一旁，一起将木箱抬着放在了挖好的坑里。

木箱子是以前班里用来装杂物的，现在却被孟森育找来装一个大活人……

孙胜男惊恐地试图爬上去，却被王娟一脚踢了回来。

"快把箱子关上，填土！"王娟催促道。

李猛点点头，毫不犹豫地扣上了箱盖。

孟森育拎着铁锹，铲土的动作停顿了一下。

"怎么了？"李猛疑惑。

"保险起见，还是把箱子捆死吧……"

孟森育的声音很小，却带着股阴气。

随后，三人走到不远处，从垃圾堆里翻出了几根粗糙的麻绳。紧接着，孟森育和李猛合力将木箱严密地捆住了。

伴随着一锹一锹的土落下，放置木箱的坑被逐渐填平。

三人轮番将土踩实，并从后山搬来了一块草皮覆盖在了上面，做得天衣无缝。

"这样……就结束了吧。"孟森育躺在地上，狠狠松了一口气。

"没错，这一次她必死无疑！"李猛吸了一大口烟，兴奋道。

王娟狠狠搓掉黏附在手上的泥土，无声地痛哭了起来。

整整一天的惊恐在这一瞬间消失了。再次杀掉孙胜男，三人心中只有道不明的轻松和快意。

这一晚，王娟睡得很沉。

而就在第二天一早，令她崩溃的事情再次发生了！

一如前一天一样，孙胜男依旧毫发无伤，坐在教室里低垂着头早读。

孙胜男看着面色惨白的王娟三人，缓缓展开了一个诡异的微笑。

"好久不见。"

"啪嗒。"

王娟手中的书掉在了地上。

三人如坠深渊，彻骨的寒意包围着他们。

孙胜男又一次"死而复生"了！

王娟三人发疯一样地逃离教室，去了昨夜的埋尸地。

那里和昨夜没有丝毫变化，与周围的草地融为一体。

孟森育疯了一样地掘开土，挖出了那个装着孙胜男的木箱，绳索解开，里面空荡荡的……

王娟跪在地上痛哭流涕。

李猛也再说不出"有事我扛"这种场面话……

接下来的几天，王娟三人不敢再招惹孙胜男，能躲多远躲多远。

而孙胜男一直没什么反应，正常上课，正常生活。似乎这三个人所做的一切，所感受到的惊恐都与她无关。

直到五天后的三模考试结束。

这一次，轮到了王娟三人值日。

以前，他们都会要求孙胜男代替，如今却不敢再借机欺负对方。

北方天黑得很早，尤其是山里，从黄昏就起了大雾。

"孙胜男。"

王娟刚刚开口，就引起了另外两人的剧烈反应。

孟森育神经质地看着四周，李猛也狠狠地一哆嗦。

"你没事提她做什么！"李猛瞪着眼睛。

"我想说，孙胜男好像并没有要报复我们……只要我们不再针对她，就不会有麻烦了吧？"王娟小声道。

"咱们杀了她两次……你觉得她会放过我们吗？"孟森育低声喃喃。

突然，教室里的广播响了起来。

"你们，还想再杀我一次吗？"带着"刺啦"的杂音，孙胜男的声音从中传了出来。

王娟三人惊恐地瞪大眼睛。

"不……不是的！我们保证再也不针对你了！也保证不会说出你的秘密！求求你，放过我们！"王娟也不管对方能不能听到，惊声叫喊。

"你在哪儿？少他妈装神弄鬼！我不怕你！你出来！"李猛崩溃发狂。

广播里又是一阵刺啦声。"这次不会让你们得逞的……"

随后，孙胜男的声音彻底消失了。

"广播室！她一定在广播室！"李猛怒目圆睁，不顾王娟的阻拦冲了出去。

教室里只剩下了王娟和孟森育。两人呆愣地坐在座位上，相对无言。

窗外风雨欲来，教室里充斥着憋闷压抑的气息。

"王娟，你不闷吗？"

王娟看了看孟森育，茫然起身，打开了身边的窗户。

就在这时，一个人从王娟眼前坠落。随后，发出砰的一声。

"啊！"

刺耳的尖叫响彻整栋教学楼。

孟森育踉跄地趴在窗户边向下望，穿着校服的女孩以奇怪的形状躺在地上，身下流出大片血液……

随即，孟森育看向上方，也就是孙胜男坠落的地方，高三（6）班上面的顶层天台。

"是……李猛？"孟森育绝望地说着。

一转头，王娟已经眼珠翻白地昏了过去。

没过多久，李猛回到了教室，看见了楼底的惨状。

"是你干的吧，李猛？"孟森育恍惚道。

"你他妈胡说什么！我是去播音室找了一圈，但里面根本没有人！之后我就赶了回来！"

李猛激动地拎起了孟森育的领子，但孟森育依旧面无表情。

"你说，她死了吗？"

孟森育的话仿佛一个消声器，瞬间两人都没了声音。

过了很久，王娟醒了，三人积蓄了一些力气，互相搀扶着走下楼……

而教学楼门口，孙胜男正撑着伞，诡笑地看着他们。

一瞬间，三人只觉彻骨之寒。

王娟惊声尖叫了起来，李猛也哆嗦得站不稳。

只有孟森育，发疯一般向孙胜男冲了过去。

"你到底要怎么样？你为什么还没死？为什么？"

孟森育紧紧扯着孙胜男的头发，狠戾地拖曳着她走向旁边的联排平房。

那里是学校的食堂。

砰的一声，食堂的门被孟森育紧紧关上。

王娟和李猛一个哆嗦回过神来。

他们死死盯着食堂的方向，仿佛能够预想到里面即将发生什么……

尖叫声从食堂里传了出来，转瞬便没了声息。

片刻后，食堂门打开，孟森育浑身是血地走了出来。

一道惊雷闪过，王娟和李猛借着光亮看清了食堂里的惨状。

孙胜男血淋淋的头摆放在椅子上，狰狞的脸上似乎还带着诡谲的微笑。

而她的身体就在旁边的阴影里，露出一双穿着运动鞋的脚。

"头都砍了，她总该死了吧？"

孟森育面无表情，随即从胸腔里发出阵阵笑声。

"哇！"李猛不停地干呕起来，大叫着"都疯了"冲出了学校。

王娟手脚并用地向后退，发疯一样地尖叫起来。

女孩讲到这里停了下来。

"然后呢？孙胜男死了吗？"我不禁追问。

听见我的话，对方的神色似乎变得有些惊恐。

旁边的两个男生也一阵哆嗦。

女孩缓缓摇了摇头。

"第二天，孙胜男依旧出现在了教室中。李猛精神恍惚地冲出学校，车祸身亡。"

我倒抽一口冷气。

"王娟彻底疯了，拿着刀冲进教室乱砍，好几人被砍伤。孟森育不幸被刺穿脾脏，当场死亡。

"随后，王娟从窗户跳了下去，摔断脖子而死。"

房间中陷入寂静。

我思索着女孩讲述的这个"故事"，心中久久不能平静。

"你说，孙胜男到底是不是人间富江？"

女孩突然开口询问。

我没有急于回答，而是开始思索一些细节。

许久后，直到女孩开始拿出手机玩起单机游戏，我才缓缓开口。

"她可以不是。"

女孩瞬间抬起头。

"其实，孙胜男可能根本就没有死……"

"这不可能！"女孩立刻反驳道。

"你觉不觉得，在孙胜男后三次死亡里，孟森育的举动都有些奇怪？"

三人愣住。

"孟森育这个人，似乎从孙胜男第一次复活后，就在有意强调'不杀她，就会被报复'。

"按照你的描述，孟森育这个人平时很尿包，比较被动，虽然有些恻隐之心，但一直保持着任由李猛和王娟打骂、摆弄的状态。

"这样的一个人，在第一次遇到'死而复生'这种如此诡异的事情的时候，想的不是怎么劝李猛息事，或干脆躲避灾祸，反而频频激化矛盾，最后更是亲自动手活埋了孙胜男。这难道不奇怪吗？"

女孩愣了愣，随即点了点头。

角落里一直没有说话的男孩，抬头看了我一眼。

不知道是不是我多心，男孩看我的眼神好像带着一丝戒备。

"孟森育会突然产生这样的转变，只有两种可能：一、他是个变态，心狠远超李猛和王娟；二、他早就知道孙胜男不会死，所以他做这一切都没有丝毫心理压力。"

"你的意思是说……"女孩很惊讶。

"根据我的猜测，在孙胜男第一次死而复生后，孟森育就已经知道了一些什么，并且成功被孙胜男策反。

"孟森育长期生活在李猛和王娟的打压下，如果这个时候孙胜男提出合作，来惩罚李猛和王娟，孟森育又怎么会拒绝呢？"

"就算孟森育被孙胜男策反又如何？这整件事情真正恐怖的不是谁是帮凶，而是杀不死的孙胜男！"女孩疑惑。

"不，只要确认了孟森育是孙胜男的帮凶，那么她后三次死亡，就都可以得到完美的解释。不是杀不死，而是根本没有死！"

我停顿片刻，继续说道：

"我们先从活埋讲起。你们有没有发现，活埋孙胜男，他们用了一个看似平常却十分奇怪的道具？"

"奇怪的道具？"

"就是那个木箱。"

"其实真要活埋孙胜男，根本就不需要这个木箱。只要将她捆住扔在坑里就可以了。我相信，在这样的情况下她绝对无法逃脱。而事实上，正是这个木箱的存在，才完成了这次死而复生。"

我随手拿起一根木枝，在流了满地的蜡油上刻画出木箱的结构。

"箱子是孟森育找来的，他有很多机会在上面动手脚。只要在箱子的一侧制作一个能供人通过的小门，就能够完成这个诡计。

"孟森育三人将箱子放入坑中后，并没有立刻填土，而是由他自己提议，找麻绳将箱子捆死。孙胜男并没有被捆住手脚，所以可以利用这段没人注意的时间，通过背面的小门逃脱。

"此后，孟森育三人捆箱子、填土。李猛和王娟自以为做得天衣无缝，而实际上，孙胜男早已逃出生天。"

"那么坠楼又该怎么解释呢？当时王娟和孟森育一直在教室里，只有李猛跑了出去。按理说，是李猛将孙胜男推下楼的概率最大。这一次，总和孟森育没有关系了吧？"

一直没有说话的男孩，突然开口。

"当然有关，李猛因受刺激去广播室找人。事实上，孙胜男坠楼的地点，是在高三（6）班教室上方的顶层天台。李猛根本不知道孙胜男在天台上，又怎么会突然找上去？

"而在教室中的孟森育就不一样了。他说了一句很关键的话。

"王娟，你不闷吗？

"正是因为这句话，王娟随手打开了旁边的窗户。而王娟开窗的动作，就像一个信号，孙胜男立刻从王娟面前坠落。"

"就算你说得都很有道理，但孙胜男这一次是怎么死而复生的呢？王娟目睹了孙胜男坠楼，孟森育和李猛也看见了楼下的尸体。"短寸男孩反问。

我笑了笑。

"真的是这样吗？在那种漆黑的夜晚，王娟真的看清了坠楼的就是孙胜男吗？而孟森育和李猛所看见的，真的是孙胜男的尸体吗？"

伴随着我的问题说出口，女孩三人的表情变得十分怪异。

"根据我的推测，从王娟眼前坠落的根本不是孙胜男，而是一个穿着校服的人偶。开窗，就是孟森育利用王娟，发给天台上拿着人偶的孙胜男的信号！"

女孩三人沉浸在震惊中。

"关于砍头，那就更好解释了。事实上，孙胜男被砍头的现场，只存在两个人，就是她自己和已经被策反的孟森育。

"孟森育故意装作受刺激，将孙胜男带进食堂，随后将门关紧。王娟和李猛只看到了结果，却并没有看见过程。而这，也就有了动手脚的空间。"

"但王娟和李猛明确看见了孙胜男的头被放在椅子上，难道砍头也能作假？"女孩不相信地摇头。

"当然可以。"我笃定道。

女孩三人惊讶地看着我，似乎并不相信我的话。

我环视四周，起身搬来一个椅子。

"事实上，这个手法十分简单。只要跪在地上，然后将头放在椅子上，并在椅子下方斜放一块镜子，制造出能够藏下孙胜男身体的空间即可。"

我一边说，一边演示。

"但孙胜男的身体就在一旁！这又是怎么回事？"短寸男孩追问。

"根据你的描述，孙胜男的尸体大部分隐藏于阴影中，只露出了一双穿着运动鞋的脚。"

"没错。"女孩点头。

"你们忘了从楼上坠下来的那具人偶了吗？那只是穿着孙胜男鞋子的人偶。因为是黑天，又在下雨，而王娟和李猛被吓得魂不守舍，并没有上前检查。"

"事实上，这只是孙胜男和孟森育联手演的一场戏。"

三人没再说话。

似乎过了许久，一直少言的男孩才再度开口。

"就算你说的都是真的，那么孙胜男第一次是如何死而复生的呢？"

我看着窗外，微微叹了一口气。

"其实，在整个事件里，唯一真正死掉一个人的，就是在那个夜晚的悬崖边。

"根据我的猜测，真正的孙胜男，确实死于当晚。而此后出现的孙胜男，则是她的双胞胎姐妹。"

"这不可能。且不说孟森育这个被策反的人，单说李猛，他可是连孙胜男家的村子都询问了一遍。"寸头男孩激动道。

我想了想，摇摇头。

"其实，一些细节早已表明了，孙胜男一直都是由两个人组成的。我记得，根据你的描述，孙胜男并不是一味地挨打，有的时候，她会进行激烈的反抗。"

"没错。她甚至还动手打过王娟。"女孩道。

"一个长期遭受校园霸凌的人是什么样子的呢？一般，刚开始会反抗，时间长了就会麻木。而往往，在没有得到帮助，或最终无法承受的时候，就会走入极端。

"孙胜男从被王娟三人带到后山时，一直保持着服从的状态，直到王娟说出录有视频，才终于无法忍受，选择跳崖。

"这很符合她应有的心理状况。所以以此推导，在这一刻之前，孙胜男大概率会一直处于压抑、隐忍的状态。用'高中毕业就会不一样'来安慰自己。

"如果是这样，那一次次反抗，甚至反手殴打王娟的孙胜男又是谁呢？"

女孩愣住了。

两个男孩也露出震惊的神色。

"而且，在李猛去孙胜男家所住村子询问的时候，有一个非常有趣的信息。"

"什么？"女孩疑惑。

"孙胜男家的邻居称，在上个周末，孙家全家去了县城，为孙胜男买了很多习题册。

"这个举动很奇怪！即便是买习题册，用得着全家人一起这么夸张？而且关键是孙胜男住校，即便买了也应该顺路送到宿舍，刻意大张旗鼓带回村里，总像是要掩盖什么……"

我停顿了片刻，继续道：

"最大的可能，就是他们根本不是去买习题册，而是去找人。

"孙胜男从始至终，都是一对双胞胎。在当时，双胞胎虽然不算超生，不会被罚款，但却无法拿到独生子女补助。

"更何况，对于一个这样贫困的家庭，两个孩子上学就要缴纳两份学费。而因为两人是双胞胎，伪装成一个人轮流上学，互相辅导，则更能节省花销。

"而他们既然决定这么做，自然不会让邻居发现。出现在大家视线里的，永远都只会是一个人。

"双胞胎中的一个跳崖自杀后，另一个很快猜到了姐妹的死因。因为两人合用一个身份是不能说的秘密，而一旦她回到学校上课，姐妹被逼死的事实就将被永远掩盖。

"这样一来，承受这场悲剧的孙家反倒有口难辩。

"活着的孙胜男不甘心，决心报复。

"因为不被人所知的双胞胎的存在，'孙胜男返校'在其他人看来十分正常。但相反的是，这件事在王娟三人看来，则顺理成章地成了诡异的'死而复生'事件。

"因此，她制订了一系列计划，先是策反孟森育，随后几次假死，制造死而复生的场景，让王娟和李猛生活在惶恐与不安之中。

"最后，她的报复真的成功了。李猛精神恍惚下出了车祸。王娟彻底疯了，而被策反的孟森育，原本应该逃过一劫，却意外地死在了王娟的刀下。

"这或许也是因果轮回吧……"

女孩三人恍然，互相对视着，似乎在向彼此传达着什么。

我轻轻叹了一口气，带着一丝疲惫，靠在了一旁。

蜡烛烧得见底，房间昏暗下来。

一整天的奔波，惊险的密林求生，加上这场推理几乎耗光了我所有的力气。

"睡吧，明天就能出山了……"说着，我不知不觉地闭上了眼睛。

混沌中，我隐约看见了他们三人拿着手机靠在了一起。

那个手机，似乎是老款的诺基亚……我嗤笑一声，现在还有人用这么老的机子？

隐隐地，我意识到有哪里不对劲。但我实在太疲惫了，没等想明白，便睡了过去。

第二天一早，我醒了过来。屋内保持着昨晚的样子，满地蜡油，还有盛汤的碗，唯独不见女孩三人。

难道他们先行离开了？我有些遗憾。如果我早点睡醒，还能和他们搭个伴。

接下来，我开始根据太阳辨认方向，并沿途做了记号。若依旧走不出去，就还会回到小屋。

很幸运，我的同事带着搜救队找了我一整夜，我们在林子里打了照面。

我得救了……

但我没有想到，事情还远远没有结束。

我被搜救队找到后，向他们说了那三个学生和林中小屋的事情。

可他们却说：

"县里没有高中了！唯一的文华高中几年前就合并到邻县了！"

"而且国家禁枪以后，早就不打猎了。前些年山洪，落脚的地方也都冲垮了！更别说囤吃喝！"

"就是的！小北，你不是遇到不干净的东西了吧？"

起初听到这话，我是嗤之以鼻的。就算学校在邻县，学生也可以来冒险。而且关于木屋，也很可能是幸运地没有被山洪波及，遗留下来的……

为此，我提出带着他们重返木屋。

但奇怪的是，不论我怎么找，都没能再找到那幢木屋，就仿佛它从不存在一样……

我心中有些打鼓。

回到县里后，我查了女孩所说的"故事"。文华高中在2005年确实发生了很严重的大案，这也是后来它被合并的原因之一。

根据当时的报道，文华高中三年级学生李猛，在校期间擅自离开，被汽车撞飞当场死亡。

名叫王娟的女生，在班级持刀伤人，造成一死多伤。最终被定性为因压力过大，患有精神疾病。

而那个不幸被王娟乱刀扎死的学生，叫孟森育。

这三个人，与女孩所说的结局一模一样。

关于孙胜男，我在文华高中曾经的贴吧上，看到了有关她被王娟、李猛等人校园霸凌的帖子。据说她高考失利，最后读了一个二本，现在是某知名网红主播，过得风生水起。

我渐渐开始相信那个"故事"是真实的。

只是，还有一个疑惑，一直不断萦绕在我心头，每每想起，便觉得极其恐怖……

如果这是真的，那这一切不应该是只有当事人才知道的秘密吗？

不久后，我辞职了。

也亏得是我大小算个富二代，家有余粮，够我挥霍。我在上海最繁华的华山路盘下了一家店，做起了闪灵录像厅。

我想，这大概是那个雨夜给我留下的后遗症……往后余生，我都沉迷在这些诡异、刺激的闪灵事件中。我无法克制自己的好奇，我想知道一切背后的真相……

前史篇·入港

灵异爱好者踏上真正的"敢死之旅"

我叫小北，接下来我要讲述的这个离奇事件，是闪灵录像厅刚刚开业不久发生的，也是发生在我自己身上的。

开店完全是我的一时冲动，尤其是这样一家店。事实上，我对于解决这种闪灵事件毫无经验。刚开始的时候，闪灵的生意并不好。这也导致我一度成了一个无所事事的闲人……

人嘛，总是静极思动的。就在我闲在家十几天后，发生了一件生活中经常能够遇到的琐碎小事。

起先是一点好奇，随后是一时冲动，导致我在后来差点丢了性命……

你们见过超市门口搞的抽奖活动吗？

没错，就是这样一件寻常事。

事情是这样的，那天我从店里回家，经过沿途的超市时顺便进去买了两管牙膏。

出门时，我让一只穿着小熊玩偶衣服的人给拦住了，示意我凭小票抽奖。它两只"熊掌"并用把一只抽奖的纸盒子递到我面前。

又是超市无聊的促销活动，让工作人员穿着廉价的玩偶服吸引人抽奖。

我摆了摆手表示没兴趣。小熊却异常坚持，把盒子放到我面前，白眼仁紧"盯"着我。

我无奈地伸手进去，随便抽了张字条，打开是一串号码"95214"。

小熊开开心心地从旁边一个大纸箱里翻找着，可能是洗发水什么的吧？我无聊地猜想着……

小熊拿出一个小铁皮盒子，塞到我手中，然后就把我晾到一边去招呼其他路人了。

我有些莫名其妙地把铁盒子拿回家，随手丢到一边就没管了。

晚上我出门和大学同寝室的同学喝了一顿酒，回到家已经是半夜了。

迷迷糊糊间，我总觉得这间自己住了许久的房子有些奇怪，隐隐约约能听见一些奇怪的动静。

刚开始，我还以为是自己喝多了，但伴随着"咚咚"的撞击声越来越响，我开始察觉事情不对……我开始拆家式地找寻声音的源头，直到我发现了那个铁盒子。

我承认，那一刻我酒都被惊醒了大半。那个铁盒子竟然在跳？不不，说跳也不够准确，似乎是盒子里面有什么东西正想竭力从"牢笼"中挣脱。

难道里面的东西是活的？

借着最后一丝醉意，我按住了那个还在抖动的盒子，抠开盖子。

里面是一个《鬼娃回魂》电影里面那种小玩偶，一个面目狰狞、满脸伤疤的红头发小孩，右手挥舞着匕首，不厌其烦地"铿铿"敲打着铁皮盒。

我捏起它的肚子举起来，就像捏住一只四肢乱舞的昆虫的外壳。

我把它翻过来，看到了一个开关，开关上有一个计时器。这好像是可以设置倒计时开关的玩偶。一关掉开关，它立刻消停下来。

这时，我注意到它血淋淋的背带裤上，用黑色记号笔写着一个网址。

这又是什么意思？

我按捺不住好奇心，在电脑上输入了这个网址，敲下回车键。

屏幕跳出来一个QQ空间的页面，看起来有点熟悉……何止是熟悉？这明明是我的QQ空间啊！

页面上是一篇个人日志，以我自己的口吻，自述了我从高中时期一直到现在大学毕业的生活经历。

可问题是我根本没写过这些东西。

日志中的描述和我的个人经历分毫不差，我越看越奇怪。但这还不是最诡异的部分。

页面往下滚动，日志中出现了许多照片，全都是我的照片。看起来很熟悉，只是每一张照片我的身边都多了一个陌生女孩：黑色长发齐刘海，左眼角下有一颗泪痣，穿着白衬衣、黑短裙，算得上是个美女，但气质阴恻恻的，神态说不上来地怪异。

比如，有一张我大学毕业时在校门口穿着学士服的照片。我分明记得那是一张我的单人照，但不知为什么我的身边多出来这个女孩，紧挨着我。我笑嘻嘻地看着镜头，而她却似笑非笑地看着我。

一阵凉意从我后脊梁爬上来，但酒劲和困意齐齐涌上来，我没挺住，一倒头呼呼大睡过去。

第二天醒来，我再去查看这个网页，竟然是"找不到该页面"。莫非是我昨晚喝大了，做了个噩梦？

刚松了口气，我就看到那只鬼娃玩偶静静地站在桌子上，手持匕首龇牙盯着我。

我赶紧把它连同那个铁盒扔进了垃圾桶，就当是做了场噩梦好了。

那时我还不知道，照片中的女孩很快就会活生生地出现在我面前。

那会儿我生意做得不好，整天要么打游戏，要么上网看八卦、逛豆瓣，也因此在小组中迅速结交了一批驴友。

网聊了一段时间之后，我和几个驴友相约见面，并且组织了一项非常"复古"的活动——去网络流传的香港十大闹鬼地探险。

这场旅行被我们称为"敢死之旅"。现在想来这个名字还真是讽刺。

"敢死之旅"群里一共四人，蚊子、老袁、我，还有一个被我拉进群的我的大学同学。但他临时有事，找了一个朋友来顶替他的位置后退了群。

这个朋友网名叫"富江"，头像也是伊藤润二漫画《富江》中女主角回眸的经典造型。

我是真的不太懂，为什么我和"富江"这么有缘分……想到之前的那个雨夜，我开始怀疑这次的"敢死之旅"是不是在作死？但最后好奇心还是战胜了那一丝丝警惕……

蚊子住在深圳，他负责在深圳当地接我们，人齐了再一起去香港。我们约在深圳火车站附近的肯德基见面。我和蚊子、老袁三个人一见如故，就等"富江"了。

她走进来时，我整个人都懵了。这不就是照片中那个女孩吗？

黑短裙下那双修长、白皙的腿站住，一双阴郁的大眼睛环顾一周，在我们三个身上停了下来。

无论从长相、衣服、眼角下那颗泪痣，都一模一样，甚至是那股生人勿近的气质都丝毫不差。她一走进来，室内仿佛瞬间凉了个五六度。

蚊子和老袁同时站起来抬起了手。老袁戳了我一下："怎的，看美女看傻啦？"

我这才回过神来。他们两人只当我被富江的美貌吸引，完全不明白我内心所想。

会不会单纯是巧合？但这也太巧了吧。带着这份疑惑，我和蚊子、老袁、富江一共四人踏上了前往民宿的旅途。

这场"敢死之旅"，注定要蒙上一层阴云。

我们过了深圳湾，乘巴士去往香港元朗区。

我不是头一回来香港，但之前来都是活跃在香港富人区，毕竟我富二代的身份摆在那里。

而这一次不一样了，狭窄的街道、老旧的楼房，我仿佛走进了TVB剧中一样。

蚊子还带我们去吃了当地有名的小吃B仔凉粉。味道有点像水果捞，很好吃，我吃了一碗就饱了。

老袁一个人顶我们两个胖，饭量也惊人，吃了两碗，还叫了一碗打包带走。

下午，双层巴士一路向北，两旁繁华的都市高楼渐渐变成了崎岖的山路。

一路上，老袁和蚊子想方设法和富江尬聊，我在一边总忍不住朝她瞟过去，犹豫着要不要问问那件事。但她丝毫没表现出认识我的意思。我总不能硬凑上去问，你为什么会出现在我的照片里吧。

到站以后，我们又招了辆出租，出租车越开越偏僻，成片烂尾楼灰色积木一样堆砌在道路两边，有许多脚手架都没有拆掉。老袁兴奋地伸出肉手指着窗外给富江看，在烂尾楼之中，一栋暗红色的欧式建筑若隐若现。

毫无疑问，那就是我们的目的地了。

蚊子是"敢死之旅"的组织人，他虽然性格有些内向，看起来没什么"领袖气质"，但胜在十分细心。

之前他在网上做了详细的攻略，从路线到地点还有需要带的探险工具，都详细列举出来，还特意提醒我们多带点现金。毕竟没人知道这一路上会发生什么，带现金总是靠谱一些。

我们计划的第一站是有"亚洲十大恐怖地"之一之称的新界达德学校，于是就在附近找住宿酒店。找了好几家，要么价格太贵，要么地方太破。最后还是蚊子靠谱，发来了一个欧式洋房民宿短租的帖子，位置在天水围北部，靠近山区。

看了几张照片之后我们都兴致高涨，住洋房四舍五入相当于去欧洲度假了，也更加符合"敢死之旅"的调性。我们一拍即合，决定几个人凑钱，一起整租几天。

我负责和房东沟通，对方不缺钱，很好说话，无非是不希望房子长期闲置，增加点人气而已。

出租车停在洋房外高高的石头院墙门口。院子的大铁门没锁，一推就"吱吱呀呀"敞开了，迎面是一棵大杨树。

"这树也太粗了吧！"老袁啧啧感叹。

的确，这树干几乎要我们四人手拉手，才能完整环抱住。杨树在院子里铺下了一大片浓荫，一站进去像是三伏天进了开着空调的房间。

富江抬头上下打量着这个"老古董"，皱起了眉头。我问她："有什么不对吗？"

"俗话说，前不栽桑，后不栽柳，院中不栽'鬼拍手'。这'鬼拍手'指的就是杨树。这院子当中却偏偏种了这么大一棵杨树，容易招惹邪祟。"

老袁连忙拍马屁："想不到你一个女孩子还懂这些风水呢，不会连捉鬼捉妖都会吧。"

他们的对话被蚊子一声惊呼打断，我们同时抬起头来，一栋红砖墙的两层大洋房完整地呈现在我们面前。

显然这房子很有些年头，但剥落的砖瓦和满墙的爬山虎反倒增加了一丝神秘气息。站在门前仰视着像一座欧洲小古堡，我们都难掩兴奋之情，迫不及待走了进去。

如果当时我们搞懂了院中栽杨树的真正含义，打死我们都不会踏进屋子一步。

我按照房东的指示，从门前一个废弃的大花盆下摸出了大门钥匙。

进了屋，风格复古又豪华。我把背包朝旁边一扔，陷进了天鹅绒的沙发里。老袁一个人顶我们两个胖，早已热得满头冒汗，挨着空调吹风。

客厅墙壁四周贴着各种香港经典恐怖片的海报，像《山村老尸》《阴阳路》《人肉叉烧包》《僵尸先生》《倩女幽魂》《异度空间》等，给人一种回到过去的感觉。

我们作为灵异事件、恐怖片爱好者，兴奋地聊起了剧情，对哪一部电影最恐怖争论不休。富江没参与讨论，吹了吹铺满灰尘的唱片，放进了唱片机里。"刺啦刺啦"的声音后面，一首听不懂的欧洲歌曲飘出来，整个屋子顿时有了20世纪的风味。

我掏出手机联系房东，发现这里的信号很差，好不容易找到一个信号好点的地方，终于联系上了。房东让我们自己安排起居，东西都给我们准备好了，什么时候退房跟他说一声，房租用现金留在屋子里就成。

他们一个个贼精，趁我联系房东的当口儿，抢先去了二楼挑选自己的房间。蚊子抢先一步选了最好的一间，离楼梯也最近。老袁在第二间，富江在第三间，我在最后一间。

床单、洗漱用品俱全。客厅冰箱里放着冷饮，我们一人挑了一瓶"咕咚咕咚"喝起来。

吃的呢？

还是老袁眼尖，看到旁边餐厅桌上放着一大碟叉烧包，腾腾冒着热气。我们顺着香味就过去了，一人拿起一只大口吃起来。

我从来没吃过这么香的叉烧包，外皮松软，一口下去，肉的汁水在唇齿间溢出来，肥而不腻，肉香四溢。就是隐隐觉得不太像是猪肉，略带点甜味，有点鸡肉的嫩滑，又有点牛肉的筋道，吃不出来是什么肉。

吃完了一个意犹未尽，我们四人风卷残云，很快将盘子一扫而空。

老袁感慨："就为了这个叉烧包，这趟也值了！"

如果当时我知道叉烧包是用什么肉做的，就算饿死也绝对不会吃一口。

吃饱喝足之后，我们在房子上下游玩参观。

楼梯不光能上去，还能下去，通向地下室。大伙儿一下就兴奋了起来，嘻嘻哈哈要下去冒险。

蚊子打头阵，我们三个跟了下去。下去之后，迎面就能看到一个酒窖。我们刚要直奔过去。

"咦，这里有一个小门。"落在最后的老袁突然冒出来这么一句。

我们三人一听纷纷回头，老袁已经推门进去了，"啊——"的一声，我们三人都吓了一跳。

我离他最近，抢先跑进去，一眼看去，漆黑的屋子里，满墙若隐若现都是人脸。

蚊子和富江也跑了进来，用手电筒打在墙上。原来整面墙上挂着日本能面，有白面女人，有长着犄角的红脸恶魔，猛一看上去还真有些瘆人。

我们戴着面具嬉闹了一通就觉得无趣，有钱人的爱好真是看不懂。

上楼的时候，老袁走在最后面。他到了客厅之后，满脸疑惑地四处打量问我们："欸，你们有没有人感觉，这里好像不止我们几个，还有其他人……"

他这话一出，我们都愣住了。

我们三人面面相觑，一起摇了摇头，都嘲笑他胆小，让能面给吓破胆了。老袁在富江面前丢了面子，红着脸连忙争辩：

"我来之前是查了资料的，天水围这里确实挺邪乎的。据说这里闹过僵尸。"

僵尸？我们一听都来了兴致，让他继续说下去。

那是2003年。香港那时候在很多人心中遍地是黄金，多少年轻女孩跨过那道海峡渴望去小岛上"淘金"。于是，就出现了很多港男北女、老夫少妻的家庭。

翠芬生在重庆的贫困山区，有一个弟弟、一个妹妹。家中重男轻女严重，所有好吃好喝的全给了弟弟。用现在的话来讲，翠芬是个不折不扣的"扶弟魔"。

看着牢笼样的群山，翠芬跳上了一辆火车前往深圳打工。人生地不熟的她只有一张漂亮脸蛋，就在发廊做了洗头妹。不知是福还是祸，她因此认识了大她20岁的香港商人王威，两人很快好上了。

他们回到重庆老家，王威掏钱给翠芬家里盖了房子。翠芬爸在新房里打开彩电的那一刻，整个村子的人都聚了过来。王威大办酒席，风风光光地娶了翠芬。

翠芬爸妈三天两头逼着她找王威要钱，一鼓作气把儿子娶媳妇、盖房子的钱全部从女儿身上赚了回来。

但这也不是毫无代价的。新婚之夜，王威就溜进了小姨子的房间扒了她的裤子。听着女儿房间里传出来的尖叫声，爸妈只当作听不见，第二天叫翠芬再去找王威把儿子买车的钱要来。

后来，王威做生意赔了钱，再也榨不出什么油水。爸妈脸色越来越差，最后直接暗示他们卷铺盖滚蛋。

王威一气之下带着翠芬回了香港。翠芬一路憧憬着香港的繁荣，却来到了天水围的廉价"棺材房"。王威生意失利，一蹶不振，在床上一躺，整天也不工作，每个月吃政府的低保。两人有了儿子之后，翠芬出去重新干起老本行，给人洗头赚奶粉钱，王威得知了大骂她不要脸，出卖色相。

王威内心极其恐惧一件事：身边好多老男人娶了内地女人，内地女人只要一拿到香港公民身份，就会立刻一脚把这些糟老头子踹开。

在这种扭曲的心理下，王威开始对翠芬家暴。为了避免翠芬再出门勾引男人，王威用刀子划了她的脸。王威还经常拿着菜刀威胁翠芬母子，恶狠狠地说，要把他们养肥了再杀。翠芬被折磨得不成人形，精神也越来越不正常，人不人、鬼不鬼的，基本失去了工作能力。

可能有人要问了，为什么翠芬不报警求助呢？

翠芬报警了,次数还不少。但警察来了一看是家庭矛盾,夫妻"床头吵架床尾和",每次都是敷衍了事。

儿子晓东当时已经十岁出头了,觉得这样下去妈妈迟早有一天要被爸爸打死,就去求教了一个懂风水方术的大伯。

大伯告诉他,有一个方法可以救他妈妈,就是找一具尸体炼成僵尸。这具僵尸会听从他的命令杀了爸爸,这样就算警察调查起来也只能当作灵异案件草草了事。

但是一个十来岁的孩子上哪儿去弄一具尸体呢?

晓东为此加入了天水围的童党。

所谓童党就是一群有反社会倾向的小孩结成的组织,可以说是黑社会的后备军。你可别小瞧了这群毛都没长齐的孩子,残忍程度不亚于那些文身的古惑仔。

1997年,香港九龙就出过一起案子,14个不满18岁的小孩联手虐杀了一名16岁的小孩,还一把火烧了尸体。

晓东借助童党弟兄们的帮助,从医学院偷到了一具尸体,然后按照老伯指导的方法开始每天秘密炼尸。老伯特意嘱咐,僵尸需七日才能重生,不到七天七夜千万不能揭开符咒。

圣诞节这天夜里,看着满街的霓虹灯和幸福的行人,王威又气不打一处来,如果不是翠芬一家,自己何至落到这个地步。他把神志不清的翠芬揪出来殴打,圣诞夜的烟花声掩盖了她的惨叫声。

晓东看着妈妈即将被打死,终于忍不住揭开了符咒,放出了僵尸。此时，距离七天七夜还有半小时。

僵尸冲进了屋子，在晓东的指示下一口咬住了王威的咽喉。当着母子的面，僵尸啃食着王威的尸体。但是它突然转过来扑向了翠芬，任凭晓东如何命令也不停下来。

因为炼尸不足七日，僵尸彻底失控了，当着晓东的面一口一口吃掉了翠芬。直到邻居们闻声聚过来，它才叼着残肢飞快跳窗逃跑了。

晓东被送到警察局时已经痴痴傻傻，连句完整的话都说不出来。

老袁说完，看着我们聚精会神的样子颇为得意。我随即笑笑说："这个谣言肯定是僵尸片粉丝编造出来的吧。"

富江反倒说："炼尸术我确实也听说过。必须选命格属阴的死人，选四阴之地保存尸体，称为养尸。此外，还必须每隔两小时不间断念咒烧纸，这是为了和僵尸建立沟通，以确保能操控它。"

我注意到蚊子显然被这个话题吓到，脸色苍白，就拿出《三国杀》邀请大家来杀一局。富江不太会玩，老袁和蚊子抢着教她。富江玩了一会儿觉得乏味，先回房间睡觉了。我们三人只能改玩斗地主。

过了一会儿，我们也觉得困了，把灯关了，打算各自回房。这时，我突然听见外面传来奇怪的声音，连忙冲着他们嘘了一下。

我们三人凝神一听，好像是一男一女说话的声音。

"我黎睇过啦，根本就冇人住。我地起度想做乜都得。（我来这里看过啦，根本就没人住。咱们在这里想干什么都行。）"男人说话间还夹杂着猥琐的嘿嘿笑声。

"呢个地方都算系叻。（这地方还真是棒。）"女人娇滴滴的声音。

幸好我们常看TVB剧，能听得懂粤语。

我们三人交换了一下眼神，立刻明白了这是一对狗男女跑到没人住的房子来玩刺激。

老袁低声询问我们要不要报警。蚊子皱着眉头说，咱们好不容易出来玩一次，一报警就得去警察局配合做笔录，"敢死之旅"的计划就全乱了，要不然我们把他们赶走得了。

那时候我年轻气盛，想着不如给这种闯空门的人一点惩罚，反正房子里有日本能面。我就提议干脆我们装成鬼，吓走他们好了。

说干就干，我招呼他们随我摸黑下到了地下室，一人挑了一个面具戴上。这对男女这么猴急，肯定要上楼找最近的卧室，就是蚊子的卧室。

趁他们翻窗户进来前，我和老袁连忙躲进了蚊子卧室的柜子里，蚊子则躲在楼梯口旁边的一处装饰柜后面。

我的计划是这样，在两人心急火燎的时候，我们从衣柜里跳出来吓唬一下。两人肯定就要往楼下跑，这时候蚊子再加一把火力，从后面冲出来再吓他们。

这一套下来，就是吃了豹了胆也不敢再上门了吧。

我和老袁进了最近的卧室，把门半掩上，刚进了柜子躲起来，就听见楼下传来男女的说话声。

"呢度有红酒，嘿嘿，噉更有气氛。（这里还有红酒，嘿嘿，这样更有气氛。）"男人的说话声和开酒瓶的声音。

红酒是老袁从酒窖搜出来的，刚才一直舍不得喝。他在我身边骂了一句："白瞎了好酒。"

不一会儿，凌乱的脚步声传来，木门吱的一声被推开。我们通过大衣柜的门缝看到一男一女走了进来。我被老袁挤得有点喘不过气来。

我们事先约定好，我看准时机，到时候打个手势我们就一起跳出去。

那个男人是个脑满肠肥的大肚腩，戴着一条金链子，肚子都快把衬衣给撑开了。女人苗条性感，外衣一脱，前凸后翘，看得老袁哈喇子都下来了。我也在心中暗骂，好白菜都让猪拱了。

两人很快直奔主题，女人不知从哪里拿出来一条绳子，把男人给绑了起来，还在他嘴里塞了一个球。

我们哪里见过这阵仗？老袁忍不住说了一句"操"，我赶紧捂住了他的嘴。我也没想到两人会玩得这么疯，也有点被吓到，一直忘了打手势。

老袁这一句我才回过神来，也差不多了，一直躲在这里偷看也太憋屈了。我打了准备的手势，两人都深吸一口气打算同时冲出去。

就在这时，女人突然举起了一把刀，直愣愣地朝着男人的胸口扎了下去，这下我们都愣住了没敢动弹。

男人看情形不对，疯狂摇头，嘴里发出呜呜声。女人手上动作根本没停，一直扎到男人像一摊烂泥在床上不动弹，只是随着她每扎一下弹一下。

女人一刀刀扎向男人的身影，和铁盒子里鬼娃狰狞的样子合为一体，一下下撞击着我的大脑。

女人停下动作，喘了口气，拍了拍男人的脸。男人的脑袋随之转到我们的方向，满脸血污，双目圆睁盯着我们。

我能感觉身后的老袁倒吸了一口凉气。

女人摸出了男人的钱夹，点着里面的钱，朝他啐了一口："真系个穷鬼！头先仲同我扮有钱佬！（真是个穷鬼！刚才还跟我装有钱人！）"

到这里我大致猜出来了，这个女人八成是夜总会的，男人领她出来想玩点刺激的，没想到反倒被谋财害命了。

女人干完这一切，当着我们的面脱光了衣服，从包里拿了一身干净衣服换上。我们吓得大气不敢出一声。

她换好衣服，轻松地踩着高跟鞋出了房间，好像刚剁了条鱼一样简单。

高跟鞋的声音渐渐远去。我突然反应过来："不好！"我猛拍了一下老袁，他这才把嘴合上。

"蚊子还在那儿呢！"

我们两人都咬了咬牙，一起冲了出去，还没跑到楼梯口，就听见传来一声巨响，咚的一下砸在地板上，还有翻滚的声音。

我心里暗想，不好了，来不及了，蚊子八成已经遇害了！

我和老袁没有停下脚步，跑到楼梯边上一看，只见一个戴着恶鬼面具的人像电线杆一样戳在那里。

我伸手就把恶鬼面具给摘了下来，露出了蚊子发呆的表情。

"怎么回事？"我连忙问。蚊子缓缓伸手朝楼梯指了指。

我们顺着他手指的方向看去，只见那个女人躺在楼梯下的地板上，一动不动。

"我刚才就按照计划，她一来我就从后面跳了出来。结果她好像是没站稳，就从这里摔下去了。"

我们三人互相看着，他们两人都示意我去查看一下。我夯着胆子下了楼弯腰看了下，女人的后脑在地面上形成了一摊血迹，鲜血顺着发丝流出来，差点碰到了我的鞋。我赶紧躲了一步，伸手去探了探她的鼻息，已经没气了。

我抬头朝蚊子和老袁摇了摇头，蚊子一屁股瘫倒在地上。

过了一会儿，我和蚊子、老袁三人坐在沙发上，商量着接下来该怎么办。富江睡眼惺忪地从二楼的房间里走出来，询问我们刚才是什么响声。我们刚要提醒她，她就看见了女人的尸体，差点也没站稳从楼梯上摔下来。

我们花了很大工夫才跟她解释清楚，为什么她不过是去睡了一觉的工夫，房子里就出现了两具尸体。富江听完，二话不说就要报警。蚊子恳求我们，暂时不要报警。

"一旦报警，我就要坐牢啊！"蚊子的声音都颤抖了。

我和老袁向蚊子保证，我们一定会替他做证的。那女的杀人在先，蚊子这大概也能算是正当防卫了。我们好不容易说服了蚊子，同意报警。

这时候我一摸口袋，手机不见了。欸？难道丢在房间里了吗？

我问他们三个手机在哪儿，他们有的说放在房间，有的说随手放在一旁了吧。

但不知道为什么，所有人的手机都不见了。我们开始觉得事情有些不对劲。

我被迫去那个女人的尸体上摸了摸，她没带手机。那最后只剩下一种可能性没试，我拉着老袁回到了蚊子的房间。

一推门，出现了令人震惊的一幕。

房间里面，男人的尸体不见了，只留下鲜红的床单。

怎么会这样？

蚊子和富江见我们许久没动静，连问了几声也没人回答，这才上楼进了房间。

人一多我们胆子也大起来，把房间翻了个底朝天也见不到半点人影。蚊子问我们："刚才会不会看错了，是不是刚才那个男的没死啊，女人一走他就溜了？"

我和老袁赌咒发誓，刚才那个捅法都快把人捅成肉泥了，他必死无疑。我给他们指了指床单上的血迹，还有墙上、衣柜门上面也都溅到了血迹，证明我和老袁刚才看到的没有错。

还有这扇窗户是在里面反锁的，我们一直在楼下也没见人出来，就算是男人命大没死那也出不去。

男人的尸体到底哪儿去了？我们非常困惑。

我们四人走出房间，富江第一个注意到，楼下那个位置，女人的尸体也不见了。原本女人尸体趴着的位置，现在只剩下一摊已经干了的血迹。

这一切已经完全超出了我的理解范围，跟做梦一样，太不真实了。

"这地方太邪门，咱们先逃命要紧，赶紧出去再报警吧。"

老袁的这个提议得到我们的迅速响应。我们四人简单收拾了一下行李，撒腿就朝外面跑去。

穿过黑洞洞的院子，绕过那棵大杨树。

夜风一吹，大杨树打着哆嗦，就好像无数人在你身边突然拍起巴掌，我这下才知道为啥它叫"鬼拍手"。

我一推大铁门，门朝前猛地撞了一下就卡住不动了，传来"哗啦啦"的声音。蚊子连忙翻出手电筒一照——有人在外面用大铁链把门反锁了起来。

这下我们都傻了眼，用力拍打着大铁门。深夜里四周死一般寂静，只有"咣咣"的砸铁门的声音传出去。

手拍累了，我和蚊子、老袁对着高高的院墙疯狂喊着，声音在烂尾楼群中回荡着，嗓子都快哑了，却根本没有任何人回答我们。

蚊子和老袁也都有些崩溃。富江虽然表现得不强烈，但我明显也在她脸上看到了慌张。我虽然也已经慌到了极点，但是看着大家状态不对，心想不能乱，现在大家心一散就更麻烦了。

我冷静下来想，肯定是有人故意设局把我们困在这里，目的是什么我不知道。但是这个人肯定并不想杀我们，至少现在不想杀。因为他要杀的话，早就可以动手了。至于那一对男女，我倾向于他们和这件事本来是没有关系的，只是碰巧出现在了这里。既然现在已经出不去了，我们不如回到房子里，找一个最安全的地方，再想办法逃生。

我把这通想法一口气说了出来，大伙儿这才稍微冷静下来，和我一起回到房子里。

经过大杨树的时候，我抬头瞄了一眼。原来那个雅致的洋房，现在只剩下阴森了，稳稳地坐在那里张开黑漆漆的嘴等着我们回去呢。

"我建议大家不要再分散开来了，无论做什么事都要在一起，这样我们可以互相看到对方视线的死角，安全一些。"一回到屋子里我就向他们提议。

于是，我们都一起待在客厅里。不管谁去上厕所，其他人都会在外面守着，就算富江也是。

就这样，我们坐了一整夜，通过闲聊来消除恐惧。第二天白天，我们集体行动，在屋子里四处寻找食物和水，还有出口。每隔一段时间，我们都要到露台上转一圈，看看是否有行人路过这里。

连鬼影子都没有一个！只有一群野鸽子在附近盘旋，时不时地降落在露台上，似乎在嘲笑我们一样。

天色快黑的时候，我们把找到的几瓶洋酒和矿泉水放到桌上，我包里还有半袋没吃完的饼干。这就是我们的全部食物了。

大家饿了一整天，我把饼干分给了大家。

精神高度紧绷了这么久，眼皮都开始有些打架。老袁抱怨，这样下去什么时候是个头啊？又饿又困的，就算没被弄死，我们自己很快也撑不下去了。

这话虽然丧气，但也没错。我想了想，提了个建议，我们找一间卧室休息，但必须留下一个人看守。他先守着两小时，之后他再叫醒下一个人，下一个人再看守两小时，这样轮流着来。

大伙儿一听这办法不错，就一起跑到我的卧室去休息。因为我的卧室在最里面，面积最小，相对安全些。

我还是不太放心，又找到了一根绳子，系在每个人的手腕上。这样巡逻的人即使遭遇意外，只要一扯绳子，其他人也能立刻醒来。

一整夜过去了，没有发生任何事情。

第二天早上，我们个个肚子饿得咕咕叫。

这时，老袁说突然闻到了叉烧包的香味，我们都说他是饿晕了吧，但很快发现不对，我们每个人都闻到了香味。

我们一起走出房间，下楼梯，到了客厅里，发现桌上赫然放着一碟叉烧包。老袁本能地就伸手过去要拿起一只来，富江连忙把他的手打掉。

"那两具尸体消失不见了，今天这里就莫名其妙出现了叉烧包，你不觉得奇怪吗？"

富江话没说下去，但大家都明白了她的意思。

墙上《人肉叉烧包》海报中黄秋生正回头，用意味深长的阴森眼神看着我们。

联想到我们昨天吃的那些包子，大家胃里都有些翻腾，谁都没说话但都明白彼此心里在想些什么。

我反应过来，为什么这里会突然出现叉烧包？我连忙去门口检查了一下。

昨晚我们在休息前特意把大门和窗户全部在里面反锁了一遍，就是为了防止有人再偷偷溜进来。如今，大门和窗户全都完好未动。

这是怎么回事呢？

我们看着桌上的叉烧包，谁也没再动手。就这样，我们强撑到了傍晚。一天都无事发生。

我们又去房子内找了一圈，酒水还剩不少，就是没有一点食物了，连零食都没了。老袁抱怨，后悔为什么前几天不留下点零食，现在就可以救命啊。

到了傍晚我们个个饿得头昏眼花，瘫在沙发上连说话的力气都没有了。

蚊子喃喃说着什么，我没听清，轻声问了一句。他好像完全没听见，愣了片刻突然一个箭步从沙发上爬起来，吓了我们一跳。

他冲到了桌边，拿起一只叉烧包就啃起来。

我震惊地大喊一声："你干什么！你知道这是什么肉吗?！"

蚊子囫囵吞咽，差点噎着，又拿起红酒瓶"咕噜"灌了几口。我怕他浪费，跑过去把酒瓶抢了下来。

蚊子一抹嘴，嘴唇边上的红酒看上去像血似的："这样下去人都要饿死了，管他是什么呢，保命要紧！"

我刚想反驳他，就看到老袁不知什么时候站到了餐桌边，盯着叉烧包吞了吞口水，还没等我伸手阻拦，他已经拿起了一只叉烧包送进了嘴里。

富江声音很轻，但能听出已经颤抖了："你们……"

老袁一口咬了下去，然后疯狂吃起来，表情贪婪。

他边吃边说："你们想多了，我觉得这个肉没问题。吃这方面我在行，我用人品担保这个肉绝对没有问题。"

老袁也不知是自我安慰还是真这么觉得，嘴里一个劲儿地念叨个不停。

蚊子又补充道："就算是肉有问题，你们第一天不也吃了？再不吃东西，你们命都要没了！"

看着这两人吃得香，我摸了摸已经瘪下去的肚子，理智和肉体激烈竞争着。我默默看看富江，希望能从她身上找到一点支持，却没想富江也慢慢走到桌边，拿起了一只叉烧包。

我瞪大眼睛看着她慢慢把叉烧包送到了嘴边。只见她小口小口咬着叉烧包的边缘，极其小心。嘴唇一沾到肉，她就像被烫伤了一样吓了一跳。

这是个办法！我也拿起了一只叉烧包，掰开了，把里面的肉给挤出来，咬下叉烧包的外皮咀嚼着。肉的汁水还是沾染到了外皮上面，一股肉香在我口中荡漾开来。

我忍不住泛起了一阵恶心，差点呕了出来。老袁和蚊子可没管这么多。他们吃完了自己手中的包子，紧盯着我们。我刚把肉馅挤回碟子上，老袁就伸手抢了过来，嘟哝了一句"不能浪费"。蚊子也死死盯着富江手中的肉馅，实在等不及了，就让富江把肉馅挤到自己手中，然后一口就塞进了嘴里。

富江吃完就开始干呕起来。我胃里有了些东西，舒服了不少，但随即也恶心起来，只能努力说服自己不能多想。

沉默之中，我们吃完了今生最诡异的一餐。

这样一顿饭下来，我们彼此都不愿意再提这件事，甚至互相回避着眼神不愿意再看对方。

富江上楼时差点摔倒，老袁本能地扶了她一下，她像触电一样挣脱开了。老袁有些怔怔地看着富江，表情受伤地默默走开了。

这样下去我们内部很快会出现矛盾，太危险了。我动员大家开始一起四处寻找出路，哪怕找到一点防身的东西也好。

果然有成果，我在楼梯附近的角落里，找到了那个女人用来杀男人的刀。我们仔仔细细把上面的血擦干净收了起来。在其他人休息时，这把刀就可以交给守夜的人。

在洋房里搜寻的时候，我注意到富江的表情一直不太对劲，好像越来越心事重重。走着走着，她又似乎露出恍然大悟的表情。我实在按捺不住好奇心，问她怎么回事。

富江说："自从进了这个宅子我一直就觉得哪里不对劲。如果按照建造阳宅的说法，这屋子方位地气旺门气衰；建在丁字路口附近，门前堆石，阴气极重；最诡异的就是院子当中这株大杨树。

"按照中国传统风水术的说法，宅前大门和宅院中不能有大树。所谓'独树当门，寡母孤孙'，这个宅子偏偏反其道而行之。"

我提出疑问："这个宅子本来就是个老洋房，八成是当年英国人在香港造的，他不懂中国传统风水不是很正常？"

富江摇了摇头："要说不懂风水术，偶尔触犯了一两条禁忌可以理解。但是建造这个洋房的人，却将所有禁忌全部犯了个遍。门前这株杨树，少说也有百年了。一定是先有树，然后再根据树的方位特意建造的房子。这个建筑师一定是对风水术非常熟悉，故意将这里建成了大凶之地。除非……"

我们凝神听着富江滔滔不绝，听她说到这儿顿了顿，都不自觉屏住了呼吸。

"除非这根本不是阳宅，而是阴宅。"

什么意思？

"这个洋房建起来，根本不是给活人住的。这里对活人来说是大凶之地，但对死人来说，却是绝佳的养尸地。"

"养尸地？"老袁瞪大了眼睛。

"欲炼僵尸，生于红沙日，死于黑沙日，葬于飞沙地。这飞沙地指的就是养尸地，是炼僵尸的绝佳地点。"

这么说，老袁之前关于天水围闹僵尸的传说，并不是空穴来风。

之前那对男女的尸体就是被僵尸吃掉了吗？

我突然想到了什么，提出看法："如果这里真有僵尸，那肯定还存在一个人，一直在辅助僵尸。道理是明摆着，僵尸总不可能会做叉烧包吧。还有我们被锁在这里，所有人的手机都没了。这很像是一个有理智的人制订下的一整套计划。"

富江随即说："你恰恰说反了。不是这个人在辅助僵尸，而是僵尸在辅助这个人，听命于这个人。"

蚊子诧异："什么人？"

"养尸人。养尸人挑选尸体炼成僵尸，然后饲养僵尸。以人肉喂养的僵尸，是僵尸中力量最大、最凶狠的一种。"

老袁颓然地瘫在沙发上："那……那我们就是专门被养在这里，当作僵尸的食物吗……"

看来那些叉烧包，就出自炼尸之人的手，留我们一条命作为僵尸的新鲜食物。就像喂养羔羊一样，迟早要投入笼中供猛虎捕食。

"还有一点，僵尸和养尸人之间是共生关系，不能超过太远距离，否则僵尸很有可能会脱离控制。所以这个养尸人……"富江目光扫过我们三人，"极有可能就在我们当中！"

我们四人交换了一下眼神，只觉得屋子里气氛突然紧张起来。

的确，我与蚊子、老袁只是网友，认识也不久，甚至连真名叫什么都不知道，富江就更不用说了。他们在生活中究竟是什么人，我压根儿就不了解。

"什么养尸人，反正不是我！"老袁有点急了，"蚊子，要不是你挑这个地方，我们能遭这份罪吗！"

老袁或许是无心抱怨了一句，却有些点醒了我。这场"敢死之旅"是由蚊子发起的，这间洋房也是他挑选的。如果我们当中真的有一个养尸人，在把我们一步步送进僵尸之口，那蚊子的嫌疑毫无疑问是最大的。

老袁和富江或许也是同时想到了这一点，和我不约而同地看向蚊子。

蚊子看看我们，推了推黑框眼镜，声音已经激动得颤抖了："我怎么知道这里会是这样？住在这里明明是大家一起投票决定的。我好心做计划，你们坐享其成，现在反倒全怪在我头上了。还有，说不定居心不良的人是你吧！"

蚊子看向富江，目光中带着怒火："你到底是怎么知道这一套一套东西的？要说我们当中谁最可疑，难道不是你自己吗？"

富江不慌不忙："这个我可以解释。我有一个叔叔，他是懂风水的老法师，经常和我讲述相关的知识。不过我也只是理论派，从来没有实践过。"

富江答得自然，老袁和蚊子暂时也提不出什么疑问。我心里又闪过那几张照片，我与富江的合影，但忍住没说出来。

我们在沉默中结束了这场谈话，不安的种子已经埋下，我们之间再也无法像之前那样信任对方了。

天渐渐黑了，我们又聚集到了我的卧室。

老袁一个劲儿地缠着富江问僵尸怕什么，怕大蒜、十字架什么的吗？富江哭笑不得，说这都是影视文学作品中的描述，再说就算是真的，那也是外国僵尸。

中国的僵尸根据《子不语》的记载，是怕阳光的，都是晚上活动。所以我们白天相对安全一些，夜里要格外小心。

我照例把所有人的左手腕都系在同一根绳子上，但这一夜谁都不敢睡觉。

猜疑一旦形成就永远无法消除。

我们谁都没说，但应该都在担心，万一睡着了，我们当中那个养尸人会不会就把其他人投喂给僵尸了。

我看了看其他人，他们也都和我一样，极度困乏但强撑着不睡。我口干舌燥地看向地上的那个矿泉水瓶。这是我们准备好四个人一晚上的饮水量。

老袁也渴了，抓起瓶子"咕咚咕咚"。我一把抢过来，小心喝了几口，然后主动把瓶子递给蚊子，他目光有些惊讶地透过镜片看着我。

自从之前那场谈话结束后，就没有一个人愿意和蚊子说话，他好像自动变成了我们中的"嫌疑犯"。我这个举动明显是主动向他示好。他感激地接过瓶子喝了一口放回桌上。随即富江也拿起瓶子抿了一口。

过了一会儿，我渐渐觉得头很沉，想活动一下提提神却连手也抬不起来。

不对，这个感觉和正常困不一样，这是一种浑身上下的无力感……

会不会是刚才那瓶水……

不好……我不能睡着……

我努力强撑着，千万不能睡着。

我听见房门外远处传来了"咚咚"的声音，如同敲鼓声在走廊里回荡。

声音越来越近，一下一下，很快到了门口。

声音停止了。

我盯着门口那片空荡荡的空间——

"咚——"地板一震，一个黑色的身影蹦到了门口。

我想看看什么样，但眼皮太沉重，视线也越发模糊，根本看不清。

僵尸跳进了房间，一股腐烂气息钻进了我的鼻腔。

遇到僵尸要憋气，这样它就看不到你了。我脑中不知从哪儿冒出来这个念头，立刻屏住呼吸。

僵尸蹦到我的面前，突然停住了。它身穿黑色的长袍，手指是青灰色的，像在水里泡肿了一样，是正常人的两倍大。指甲缝中全是黑色淤泥，指甲迅速生长，越来越长，越来越尖，像一只只锋利的铁钩。

我以等死一般的心态，静静等待着。脸色一定已经憋得通红了。

我快要窒息了，但不敢松气。

"咚！"僵尸跳了过去，放过了我。

我转眼看到旁边的富江和老袁也早已昏昏睡去，老袁张大嘴巴打着呼噜。

我实在受不了了，吐出了一口气。

僵尸突然停下动作，猛地回头。

借着月光，我看到它已经腐烂的半张脸，露出了牙床，牙齿如同野兽的獠牙，眼眶已经深陷下去，黑洞洞的，像没有眼珠，但那黑乎乎的洞穴里有一丝幽光在闪烁。

我脑中最后一个画面，是它伸出利爪朝我扑了过来……

富江把我推醒了。外面天光大亮，已经是第二天了。刚才发生的是一场梦啊！我吓得一个激灵坐起来，揉了揉眼睛左右看看：老袁离我最远，靠在床边睡眼惺忪揉着眼睛；他和我之间是富江；我的左手边是蚊子，他离门最近。

"昨晚我们四个人都睡着了。"富江说。

我反应过来，看向地上那只已经空了的矿泉水瓶："我怀疑那瓶水有问题。"

富江心领神会地点了点头。

老袁说："我昨天梦见僵尸了，老吓人了！"

我一惊："我也梦见了。"

"我也是。"富江也点点头。

这么巧吗？

我看了看左手手腕，绳子还是完好无损的。绳子牵到一块毯子下面，蚊子正盖着毯子睡在下面。

我松了口气，还好没出什么事。我伸手想把蚊子叫醒，就抬起胳膊拉了拉绳子。

不对，感觉太轻了，怎么回事……

绳子直接被我拉了过来，好像完全没有阻力一样，根本不可能系在一个活人身上啊！

我连忙左右手一起把绳子拉过来，毯子下鼓起来一块，离我越来越近。

一只手从毯子下钻了出来，手腕上还系着绳子，接着出现了血肉模糊的胳膊，只有胳膊。

胳膊的末端在地板上拖出了一条血印。

我能感受到身后的富江倒吸了一口凉气。我连忙掀开了毯子，下面空空如也，只有一条胳膊像鱼饵一样拴在绳子上。

原来毯子只是叠放了起来，所以导致我误认为下面还躺着蚊子。

过了一会儿，我们才渐渐平静下来。老袁盯着断肢，眼睛眨都不眨一下，一连串的打击已经让他麻木了。

我检查了一下断肢，上面血肉模糊，皮开肉绽，隐约露出了白骨，已经看不出完整的样子。

昨晚没出事的时候我怕得要死，如今这么血淋淋的场面在我眼中，我反倒镇定了下来。

不管是什么东西，它昨晚是有充分的机会把我们全都杀死，但是它没有，这说明它要留着我们一个一个杀死。我把这个想法告诉了他们两人。

但我还有一个想法没有说出来，如果蚊子不是养尸人，那养尸人就必然是老袁和富江其中一人了。

我的目光回到那个矿泉水瓶上，努力回忆着。这瓶水是我带来的，没出事前喝了两口。出事之后，我就拿出来和那些洋酒一起放在了桌上。所以昨天任何人都有可能接触这瓶水，在里面下药。

我的视线在老袁和富江身上游移，到底是谁呢？

我们回到客厅，发现餐桌上又摆着一大碟叉烧包。老袁饿了一晚上，一看到叉烧包，眼睛都直了，抢先就冲过去，拿起叉烧包就咬。

富江嗫嚅："这会不会是用蚊子的……"

也不知道老袁有没有听见，反正他没反应，也有可能是听见了但是自欺欺人。

我和富江实在饿得慌，就一人撕了一些包子皮勉强填了填肚子。

这一天晚上，我们根本就不敢睡觉，也根本睡不着。因为饥饿，我的胃开始绞痛，像是被一只手反复攥紧，每攥一次都钻心地痛。

我手捂住胃部，疼得满头大汗，眼前开始模糊，出现了三团人影站在楼梯口，是那对男女和蚊子。

他们站在那里朝我招着手，诡异地笑着，正叫我过去……

一只冰凉的手伸到我的额头上，把我从幻觉中拉了回来，是富江在擦拭我额头上的汗珠。

"睡吧。"她的声音虚弱，像凑在我耳边低语一般。

我胃中的疼痛似乎减轻了些，在蒙眬中睡去。

天一亮，老袁就条件反射一样冲到了客厅，真不知道他哪里来的这么大力气。我们随后赶到，就只看到了餐桌上摆放的空荡荡的碟子。

这老袁也太不地道了吧，这么快就全都吃完了，连皮也不给我们留一点。我刚想对他发火，就看到他一脸蒙了的表情。

"我没吃，碟子是空的。"

一个诡异的念头很快在我脑海中冒了出来。

"是不是因为昨晚没有死人，所以今天就没有食物可以吃了，因为没有食材……"谁知老袁口中喃喃念叨，直接把这句话给说了出来。

我们三人连站着的力气都没了，只能瘫倒在沙发上。老袁已经开始说胡话了，嘴里一直念叨着各种食物的名字。

到了夜里，我们还是又困又饿，但是怎么也睡不着，一旦睡着危险就会找上门来。

但最终还是困战胜了饿，我一恍神就失去了意识。

我迷迷糊糊地醒过来，感觉眼前有一个人影在晃动。

有僵尸！我吓得一个激灵清醒了过来。我的动静把旁边的富江也惊醒了。她不知什么时候也睡着了。

我定神一看，眼前的人竟然是老袁。他手里什么东西晃了一下——是那把水果刀。

他像一具行尸走肉一样，目光呆滞地盯着我。

我当他完全饿糊涂了，叫了他一声。

没反应。

我又用尽力气大叫了一声。他这才回过神来，不知从哪里来的精神，突然抄起刀子就朝我扑了过来。他目露凶光，已经完全不是我认识的那个人了。

我连忙躲开，还想说服他冷静一点。他又疯了一样朝富江扑过去，明晃晃的刀子下一秒就要扎进富江的胸口了。

根本来不及反应，我冲过去推了富江一把，胳膊上挨了一下。

我拉着富江就朝楼下跑去，跑着跑着才感觉到胳膊火辣辣地疼，鲜血已经将衣服染红。

重重的脚步声随即追上，老袁持刀紧跟着我们。

原来老袁才是养尸人！

我们顺着楼梯一路朝下跑，老袁"咚咚咚"的脚步声压了过来。

我经过收藏能面的房间，直接冲进了酒窖，关上门反锁起来。饿了好几天，富江又困又乏，再这么一折腾她几乎完全虚脱，我一松手她就坐到了地上大口喘气。

老袁的脚步声在门口停止，门锁被疯狂拧动。发现转不动之后，他开始一下一下地撞门。

这个小木门年久失修，眼看就承受不住了。

我四处看着，随手抄起了一个空酒瓶，深吸一口气。他冲进来的时候，我就立刻把他打晕了。

必须在僵尸来之前解决他，僵尸一旦来了，我根本毫无胜算。

咚，咚，咚——

声音中夹杂着老袁含含糊糊的声音："对不起，只有死了人才能有吃的。不死人，我们都得饿死……"

他这话什么意思？他不是养尸人吗？

声音戛然而止。

突然老袁撕心裂肺的惨叫声像一股巨浪涌了进来，然后整个世界都安静了。

我惊恐地慢慢凑近门缝看过去。

走廊的尽头，只能看到老袁的双腿伸出来，一直不停抽搐着。那里传来野兽啃食着猎物的撕咬声。老袁一开始还拼命地惨叫着、挣扎着，双腿乱蹬，但很快就不动了。

鲜血沿着他的腿流出来。

很快，他的双腿被拖走，消失在走廊尽头。

原来，老袁也不是养尸人，他是被这个环境逼疯了，要杀了我们，我们一死他就可以靠着叉烧包活命。

富江帮我检查了一下伤口，幸好伤得不深，血已经差不多止住了。她简单帮我包扎着。

我看着她眉眼低垂的认真模样，还有眼角那颗泪痣。

现在只剩下她和我了。刚才就在老袁要袭击我们的紧要关头，僵尸突然出现，这是个巧合吗？

还是说，富江就是养尸人，她控制僵尸杀了老袁？

如果真的是她，她一直隐藏身份、故弄玄虚的目的是什么？

我们一直等到天放亮才敢出去，一推门哗啦一声，是老袁的刀。我捡起来收好。

果然不出我们所料，餐桌上又摆放着一碟子叉烧包。我把所有的包子皮全撕了下来，和富江平分着吃。我们完全顾不得形象，狼吞虎咽，迅速吃完，但吃完反倒更加饿了。我看着桌上残留的包子屑，突然想到了一件事。

我从厨房里找到一个那种老式的花鸟脸盆，又找到一个擀面杖，拿着这两样东西去了露台。

我用擀面杖支起脸盆，用之前我们绑手腕的绳子系在擀面杖上，再在脸盆下方撒上包子屑，这样就做成了一个简易的捕鸟陷阱。

我手捏绳子另一端，和富江躲在门后。不一会儿，果然有两只胖乎乎的野鸽子过来觅食。

我屏住呼吸数着数，然后猛地拉动绳子。

"嘭"，脸盆像那只铁皮盒子一样晃动着。

我可以打包票，这两只野鸽子是世界上最好吃的食物。

肚子里有了点东西，我的大脑终于重新开始启动。

长期以来，有一个疑问一直在我心中盘旋：僵尸到底藏在什么地方？

我打第一天进来之后，就里里外外检查了好几遍，没有发现有藏身之所。

我故意把这个疑问告诉了富江。如果她不是养尸人，那她一定可以帮我；如果她是，反倒可以试探一下她的反应。

我询问富江："难道这只僵尸还有穿墙而过的本事？"

富江回答："没听说过，僵尸毕竟和鬼不同，是一个实体，想要穿墙是不可能的。"

突然，我想到了什么。长期以来我们都在屋子里面寻找，会不会有另外的可能性呢？

我想起来之前看到院子里杂草中有一把园艺铲，立刻起身跑到了院子里面。富江跟在我身后。

我捡起铲子，直奔院子里的那棵大杨树，抬手就用铲子朝大杨树猛砸了过去。

"你干什么？"

富江本来病恹恹的，突然来了精神，那表情仿佛说"你怎么也疯了"。

我回答："咱们在房间里一直没找到僵尸的藏身之所，或许是这个出入口根本就不在屋里呢。"

富江顿时就明白了，点了点头。

砼、砼、砼，我用尽力气砸着树干，终于出现了不同的声音，空洞的声音。

杨树粗大的树干里面果然是空的。

我们精神一振，更加用力地砸下去。

大杨树朝我们一侧的树干很快被劈开成为两块。我停下来喘气，一股腥臭味钻进了鼻子。

一幅根本不该存在于人间的画面出现在我们面前：

大杨树的树干中间，堆积着累累尸骨，我认出了其中就有那天偷偷溜进屋子来偷情的那一对男女。男的还没有完全变成白骨，残存着皮肉挂在那里。先前的白骨很多已经和树融为一体，被厚厚的一层黏液裹住。树枝从尸体中汲取养分，向天空生长着。尸体和大杨树，宛如一个超现实主义的怪异雕塑。

随着树干被打开，很多碎骨头滑落，噼里啪啦往下掉。我强忍着恶心，用铲子拨开树干里堆积的尸骨。

里面并没有类似密道的入口。

我气馁地扔掉了铲子，喘着粗气。

这时，富江却绕着大杨树踱起步子，又抬头看着远方的山脉，口中喃喃说着："直冲中煞不堪扦，堂气归随在两边。依脉稍离二三尺，法中开杖最精元。"

她一边说，一边从大杨树的位置朝院子东北方位走十来步，然后蹲下来在地上摸索一阵，惊喜地喊道："这里！"

我连忙赶过去一起查看，她脚下那片杂草中，有一块铁制的把手，显然是可以掀起来的。

"怎么回事？"我疑惑地问。

"像这种年代的大洋房，一般都会配有防空洞。建筑师在修建防空洞入口的时候也会遵循阴阳五行，否则会担心引来灾祸。

于是我就根据定穴之法，找到了入口。"

我恍然大悟："我记得你说过僵尸只能在阴冷、黑暗的地方生存，这么说它很有可能就藏在这下面，每到夜间就爬上来挨个吃掉我们。"

哗啦一声，富江伸手拉开了把手，一阵潮湿的气息涌了上来。这是一个正方形的洞口，下面有一个木梯子，一直延伸到黑暗深处。

盯着下方的黑暗，我愣住了。

富江为什么会主动帮我找僵尸的藏身之所呢？

难道说她也不是养尸人，她之前关于养尸人的猜测错了，养尸人根本不在我们之中？

或许……她的目的是打开陷阱让我自投罗网，就像我捕捉那两只鸽子一样，一旦下去了，我也就成了僵尸的腹中之物。

下，还是不下？

沉默，周围的一切也都沉默下来等着我的下一步反应。我抬眼看去，富江也意味不明地看着我。

我脑中飞快闪过那个古怪的铁皮盒子，拼命晃动着，闪过富江和我的一张张诡异"合影"，闪过蚊子的短肢和老袁的惨叫声……

太阳缓缓堕入云层，形成了一片鲜红的晚霞，很快就要天黑了。就算我不下去，只要天一黑，今天也一定会轮到我了吧。

我咬了咬牙对富江说："与其在这里等死，不如在天黑前去和僵尸拼一拼，说不定还有一点活路。"

富江嘴角勾出一个意味深长的微笑，点了点头。

这是看到猎物上钩的笑容吗？

我伸手摸了摸口袋中硬邦邦的刀柄，悬着的心放下了几分。僵尸听命于养尸人，只要富江没骗我，那关键时刻，我控制了她，就能控制僵尸。

想到这里，我用手电筒朝下照了照，能看见地面，是三四层楼的高度。我先下了梯子，富江跟着我也下来了。

落地后，我用手电筒照了一圈，地下空间出乎意料地宽敞。光线晃过的地方出现了一整面砖墙，墙上是瓦片屋檐，两条红色立柱中间是一扇木头大门。

这分明是一座中国古代宅院的大门。

有这样的防空洞吗？

我带头推开门走进去。

一进去是一个环形的走廊，中间有个小型庭院，两边还各有两间厢房。走廊深处能看到有一扇园林里那种圆形的门，门那边明显别有洞天。

这到底是什么地方？

自打下来之后，我的嘴就没合拢过。

富江在一旁说："怪了。这地下的建筑反倒是按照阳宅的风水修建的，无论从龙脉还是五行上来说，都称得上是风水宝地。地上的洋房是阴宅，地下的宅院反倒是阳宅，真是天下罕见的怪事。"

地上的西式大洋房不过是冰山一角，是一个伪装，地下的中式宅院才是真面目。

"这是什么？"

我顺着富江的手指看去，走廊的墙壁上像连环画一样画下了这所宅院的历史：

明末江浙一带的富商范玉良为躲避战乱，躲到了香港岛，在此地斥巨资请工匠修建了一座风水极佳的苏州园林。

到了清朝，宅院在一次地质灾害中全部塌陷下去。

1898年，根据《展拓香港界址专条》，英国从清政府手中强行占领了整个香港。英国人惊叹于这座宅院的建筑工艺，在宅院四周设下围栏进行保护。

到了1938年，日本侵华战争全面爆发的第二年，日军已经侵占中国大片土地，一路南下。

香港当地的几名富商担心日军迟早会入侵香港，破坏这座历史悠久的宅院，他们想了一个办法，把宅院上方的土地填平，修建了一座洋房，把宅院彻底隐藏了起来。他们还请了精通风水术的高人，故意把洋房造成大凶之地。

1941年12月25日，被称为"黑色圣诞日"的这一天，日军进攻香港，驻港英军投降。日军占领了这座洋房，用于长官居住。三年零八个月后，日军投降就撤出了香港，其间从未发现地下竟还有一座宅院。

后面就没有记载了，估计是当年的知情人全部死了，于是这里就荒废了，成了无人知晓的地下宅院。

一路上，我都小心提防着身旁的富江，注意不把后脑勺暴露给她，让她一直保持在我的视线内。

看完了墙壁上的画，我们再往深处走去，看到宅院正中还有一片池塘，只是水早已干涸，不难想象当年宅院还在陆地上时是怎样一番鸟语花香的景象，如今却只剩下阴森、恐怖。

不少房间里还挂着字画，我虽然不懂，但也能感觉出一定价值不菲。

就在我用手电筒照着看画的时候，听见一阵簌簌的脚步声迅速靠近我。

富江要对我动手了吗？

我太大意了，刚才因为看画所以松懈了……

我立刻握紧刀柄正要挥去，一回头富江却在我身边不远处盯着一幅画，完全没有动弹。

我连忙询问富江有没有听到脚步声。

富江摇了摇头，表示自己什么也没听见。

奇怪，难道是我已经紧张到出现幻听了吗？

我们挨个搜着房间，一直没见到僵尸。富江突然扯了扯我的袖子，指着不远处。

不用照过去我也能看到，那里有一扇窗户，里面竟然有若隐若现的火光。

原本那里应该是宅院主人的卧房。

"僵尸会不会就在那里呢？"我压低声音问。

"先过去看看吧。"

我关掉手电筒，和富江蹑手蹑脚走进了房门，迎面有一个屏风，绣着精美的花鸟。

一瞬间，我又感觉到有人跟在我们身后，是我极度饥饿之下产生的幻觉吧。

屏风后面点着蜡烛。借着摇曳的烛光，能勉强看到床上躺着一个黑影。

我们同时屏住呼吸，那大概就是僵尸了。

我手中捏紧刀，和富江交换了一个眼神，正要朝床的方向走去。

屏风后的影子突然坐直了身体。

僵尸醒了……

我一步步走向僵尸，但我的所有注意力，全部放在身后的富江身上。我在脑中盘算了好几遍，一旦有任何风吹草动，我立刻转过身去控制住她。

就在这时，烛光照出来一个黑影，在地面上一晃而过。

这里还有其他人！

"快转身，抓住他！"富江突然喊出来。

屏风后的僵尸闻声站了起来。

我本能地听从富江的指令突然转身，看到我们两人身后多出来一个黑乎乎的人影，正要朝门口跑去。我一把抓住了那个黑影的肩膀，用刀抵在他的喉咙上。

烛光下，我看清了他的脸。

他是蚊子。

僵尸听见动静，从屏风后面冲了过来，蜡烛在它后背，我们只能看到一团黑影。

"别动！"富江对着僵尸大喊，然后压下声音幽幽地说，"如果你不想他受到伤害的话。"

它停下脚步，喉咙中发出愤怒的低吼。

"果然和我猜的一样。"富江的声音中没有一丝波澜。

我惊讶地问："蚊子，你不是已经死了吗？"

富江说："他没死，不过是利用了我们的想当然。那条胳膊，根本就不是他的，而是之前溜进来的那个男人的。之所以弄得血肉模糊，也是为了避免被认出来。这一切从头到尾都是他设计的！"

"他为什么要这么做？"我追问着。

"那就要问她了。"富江示意那个僵尸，"她根本就不是僵尸，她是一个活生生的人。"

富江缓缓转向蚊子："她是你的妈妈对吧？"

火光映照出那个"僵尸"的样子，她乱蓬蓬的长发全部是白色的，双眼通红，脸上是一道道伤痕，因为愤怒而像野兽一样龇着牙，看起来活像一个怪物。

老袁讲述的那个关于僵尸的传说的确不是空穴来风，而是有一个更加残酷的真实版本。

蚊子就是那个故事中王威和翠芬的儿子晓东，2003年时他还是个十来岁的孩子。

故事中的一切都是事实，除了僵尸的部分。

王威一直威胁要杀了翠芬和晓东。晓东生性懦弱，虽然很想保护妈妈，但面对爸爸凶残的脸，一次也不敢反抗，只能眼睁睁地看着妈妈被折磨。出于想学点"本事"保护妈妈的目的，他加入了当地的童党。

圣诞节这一夜，王威再一次殴打翠芬。这一次，晓东终于保护了妈妈一回。他鼓起勇气，用童党同伴给的小刀划伤了爸爸，护在妈妈面前。这一举动却彻底激怒了王威，他拿起菜刀就要朝晓东砍过去。

就在这时，翠芬这么多年压抑的所有愤怒突然爆发了出来。她冲过去，死死咬住了王威的喉咙，像野兽一样啃食着、撕咬着。

这一下，她彻底变成了一个"怪物"。

如果她是"僵尸"，那这个地狱般的家就是养尸地，而丈夫、父母、冷漠的警方就是炼尸之人。

晓东把母亲藏了起来，然后独自面对警察，编造出了僵尸杀死父亲、吃掉母亲这样荒唐的证词。

一家三口，父亲以极其残忍的方式被杀，母亲消失不见，儿子却声称是僵尸杀人。警方首先就把晓东列为第一嫌疑人。

但根据法医的验尸报告，又基本确定王威是翠芬所杀，排除了晓东杀死父母的嫌疑。

于是，警方释放了晓东，开始通缉翠芬。

晓东僵尸杀人的证词被新闻媒体曝光出来，在坊间被津津乐道，僵尸杀人的传言就这样不胫而走了。

在这之后，翠芬一直在晓东及童党的帮助下东躲西藏。童党的同伴告诉了晓东这样一座洋房，以及洋房地下宅院的存在。这里就成了翠芬和晓东绝佳的藏身之所。

为了生存下去，晓东就开始在网上假扮成旅游爱好者，骗驴友过来旅游投宿，实际上是要谋财害命，靠着他们身上的钱财活下去。这就是晓东提醒我们多带现金的原因。除此之外，他还可以把我们身上的手机、笔记本电脑通过童党去黑市销赃来赚钱。

蚊子抢先挑选的房间，有暗道可以和地下互通。所以，男人的尸体才能在短时间内消失。当我们进了晓东的房间后，翠芬再偷偷将女人的尸体藏起来。等我们所有人都逃离屋子试图逃跑时，再通过晓东房间的暗道运到地下。

就在我们被女人尸体消失震惊的时候，蚊子趁机偷走了我们房间里的手机，切断了我们和外界的联系。

而蚊子之所以不断用叉烧包来喂我们，是想诱导我们自相残杀。老袁果然就在这样的诱惑之下，对我们动起了刀子。

其实，在我们手机消失的时候，富江就已经怀疑我们当中有内鬼。她顺着僵尸的传说，编出了僵尸和养尸人的说法，目的就是想把这个内鬼给诈出来。

蚊子眼看自己被大家怀疑，这才想出了金蝉脱壳的办法。叉烧包的存在也遮掩了蚊子只剩下一条胳膊的不自然感，让我们想当然地觉得碎尸是为了包子馅儿。

同时，他又通过自己的"死"还有人肉叉烧包的心理诱导，给我们剩下的三人造成了极大的心理压力。

"你什么时候发现是我的？"蚊子推了推眼镜问富江。

富江回答："你的死亡刚开始确实骗过了我。我也一度开始怀疑他们两个人。不过，就在大杨树里的尸骨曝光那一刻，我突然想到，我们唯一没有目睹死亡过程的，只有你。而且，当我们都开始怀疑你时，我们就集体昏睡，你恰好就被僵尸吃得只剩下一只胳膊。这会不会过于巧合了呢？"

听到这里，我才完全明白了前因后果，富江原来早就怀疑蚊子了，居然一直不告诉我，太过分了。

"院子的大门是在外面用铁链锁起来的，这么说这里一定有通道能出去。"富江笃定地说。

我用刀威胁晓东："我们只想要一条活路，让我们出去我就放了你，并且绝对不会把这里的事说出来。"

晓东冷笑了一声，根本不相信我的说法。

我狠狠心，手稍微一用力，刀尖扎进了他的脖子。翠芬怒不可遏地盯着我，作势就要扑过来，被晓东伸手拦住了。

"好，我带你们出去。"

我挟持着晓东一路走向宅院深处，那里有一条狭长的甬道。富江紧紧贴着我，用手电筒为我探路。而翠芬一声不吭地像影子一样跟着我们。

甬道越走越高，明显离地面越来越近，我已经能看到微弱的光线透下来。

就在这时，翠芬突然朝我扑了过来，紧紧咬住了我持刀的胳膊。

我一阵钻心疼痛，咣当一声，刀落在地上。

富江见状立刻上前，推开了光线位置的顶棚。

刹那之间，阳光照亮了整个甬道。

翠芬和晓东，还有我，一时间双眼都睁不开。趁着这几秒钟，富江飞快地拉着我的手，从出口爬了出来。

我们头也不回没命似的奔跑，一直跑到见到行人的地方才停下来。

"快……快报警……"我上气不接下气地拉着这个人说。

警察局中，我们说出了所有的经过。听说警方立刻包围并搜查了洋房地上地下，搜了个遍，但没有找到晓东和翠芬。

经过这番惊魂的经历，我不敢在香港久留，立刻和富江一起飞回了上海。

看着飞机窗外的晚霞，我几次欲言又止，终于对富江问出了那个埋在心中已久的疑惑："我和你的合影到底是怎么回事？"

富江扑哧一下乐了，笑得眼泪都快出来了。

"这么久了，你都没认出我来吗？"

富江本名姓阴，是我初中时的同桌。那时候她有些龅牙，正在做牙齿矫正，还戴着一副眼镜，其貌不扬，和现在的样子完全是两个人。当时，我们是同桌，我玩心重，常常捉弄她，总把她弄哭。

前不久，阴小姐兼职帮超市做推广的时候偶然看到了我，便心生一计打算好好报复我一番。想不到初中的事让她记仇了这么久……

她通过当年很流行的人人网找到了我的资料，联系上了我大学同寝室的同学，声称是我的女朋友，说我们周年纪念日快到了，请他们一起帮忙给我一个惊喜。

这群好事的同学立刻积极响应，把我的人生经历全贡献出来写成了一篇日志，还把我的照片全P上了阴小姐。几个大老爷们儿还感动得一塌糊涂，认为这叫"如果以前的人生都有你的存在"，别提多浪漫了。

这都是什么馊主意，我都快给吓尿了好不好……

我原本要一起来香港的那个大学同学，还自告奋勇把名额让给了阴小姐。阴小姐也抱着捉弄的想法加入了这场"敢死之旅"，但没想到后续的发展却远远超出了她的想象。

经此一遭，所有的局中人都有了或多或少的改变。

回到上海后，我开始认真经营起闪灵录像厅。

我发现这个世界上有许多人，通过制造离奇的诡异事件，通过伤害他人来为自己牟利。

这个看似不怎么正经的营生，说不定够帮助到很多人……

打定了这个主意后，我开始鼓动阴小姐入伙。因为我发现她在破解闪灵事件上，比我要厉害得多！

我自认为开出的条件很诱人，但阴小姐还是拒绝了我。

大概是看出了我的苦恼，不久后，阴小姐将她的族叔介绍给了我。据她所说，这位阴先生是个精通风水的老法师，配我正合适。

很快，我和阴先生成了搭档。

再之后的事情，你们就都知道了。

阴先生年迈，不久就离世了。临死前，他介绍了自己的远房侄子阿南来到闪灵录像厅。

从此，我与阿南的故事开始了。

在不断的接触后，我开始对阿南产生好奇。而我们经历的一起起闪灵事件，也一次比一次更加惊心动魄。

前史篇·十年

死者的微信显示"对方正在输入"是什么情况

我叫阿南，是小北的搭档。

小北总是对我很好奇，而我总是不愿意透露自己的过去。

我不是想要装神秘，只是不想自己在人群中显得那样特别。我原本就是一个普通人，本应该拥有普通人的人生。至少在过去的很长一段时间里，我都是这样想的。

如果问究竟是什么改变了我，大概是那个人吧……那个我生命中最重要的人，在他死后，我这原本普通的人生，开始发生了翻天覆地的变化。

小北说，这或许算不上一个闪灵事件。

但这不重要。我清楚这件事远不如我所经历的其他事惊险刺激，但这世间再没有什么能越过他在我心里的重量。

他是我的父亲。

与他之间的故事，大概要从我出生说起。

我生活在北方一个偏远的小镇上。妈妈生我的时候难产而死。我爸说，她当时用尽力气抱了我一下，人就没了。

一直到我十来岁，我爸一喝酒还红着眼睛冲我嚷："你还我媳妇！"

爸爸是我见过的最不靠谱的人。

我上小学时，学校离家有十几里地。每天爸爸骑着"二八大杠"送我上学。

顺着河边走，沿途有三个大坑。每次过坑，我都在后面助威加油："一……二……三！"车颠三回，学校大铁门就露了出来。

有一回，我照例在后面助威。一、二这都没问题，喊到三的时候，我嗓门一高，爸爸一激动，站起来猛蹬了两下，"二八大杠"跟的卢马似的蹿出大坑。

车走了，人留下了。

我一屁股蹲儿摔在坑里，摔蒙了，看着爸爸连人带车远去，一溜烟不见了。

过了好一会儿，我意识到他大概不会回来了。稍微一挪就屁股疼，我只好坐在原地硬等。这是我这辈子做的最后悔的决定之一。

半个多小时后，迎面乌泱泱来了一群人。为首的是我爸，推着车呢，一见我三步并作两步跳上车狂蹬。后面的人我也都认识，我的班主任，还有班上的同学们，闹哄哄，一副春游模样。

我在坑里坐着，目瞪口呆，唯一的念头就是……

我刚才干脆头冲下直接摔死得了！

后来才知道，他一直到了学校，右腿潇洒地一扫下来，才发现车后座没人。

他没急，熟练地去旁边的草丛中翻找。因为，之前也有过一次，他下车一个扫腿，麻利地把我扫进了路边的草丛里。

这回草丛里没人。他立刻就急了，直接冲进教室发动全班师生，沿途来"搜救"我。

结果就是，班上同学围了一圈观赏着，我爸和班主任像拔萝卜一样把我从坑里拽了出来。

经过这么一件事，我在学校里大大小小也算个名人了。现在有个词能准确地形容我那段时间的处境，叫"社死"。

从那时开始，我们父子俩之间就有了裂痕。这个爸爸太给我丢脸了，我想离他远一点。

高二那年有一天晚上，他饭吃到一半开始跟我吹嘘，说厂里有一个外派的项目，要送几个人去吉隆坡务工。

以他在厂里的威望，只要申请了准能去。

讲完他试探性地问我："你说我申请吗？"

"申请呗！去呗！"

我满脑子已经是，想吃啥吃啥，想玩到几点都行的疯狂画面……

后来回想到这一幕，我才感觉到，他听了我的答案，应该是很失望的。

因为他这顿饭到结束都没再说过话。他希望我能留他，但我没有。

这是我这辈子做过的最后悔的决定。

为了方便和我联系，他从我在深圳打工的表哥那里给我弄了一部国产手机。

我们其实没怎么联系。我跟班上同学玩微信"摇一摇""附近的人"倒是玩得不亦乐乎。

突然有个叫"元气少女"的美女头像加我好友。我赶紧通过，打招呼，献殷勤。

聊着聊着，感觉不对，她好像很了解我。

"你谁啊？"

"我是你老子！"

我噌的一下就火了，聊得不好算了，你骂人算怎么回事！我一段60秒语音过去，教育她怎么做人。

过了好一阵子，对方也回了一条语音，是我爸带点口音的粗壮声音。

"我真是你老子。

"嘿嘿，我怕你不通过好友，换个美女头像，你果然就上当了。"

我看了一眼美女头像，又翻了翻我的舔狗聊天记录，一阵恶寒，再也没有回复过。

但我不回复也阻止不了他一直发消息。

他好像把我的微信当日记本了，有事没事就跟我汇报日常。

今天外国菜吃不惯、今天干活多累啊、和工友去哪里玩了……不厌其烦地跟我汇报。

消息停在最后一条："明天回家，给你带好东西了！"

但他撒谎了，他没回来。这是爸爸第一次对我撒谎。

第二天一早，奶奶就从村里赶了过来，告诉我一个消息。昨天，一架飞机刚从国际机场起飞，三分钟后就突然坠毁在机场附近，机上人员全部遇难。爸爸就在这架飞机上。

我觉得这事有点离谱，回了爸爸一条微信。

"人呢？"

然后，我一天什么事也没干，就盯着微信对话框。

没有回复。没有说菜吃不惯，也没有说今天去了哪里……

窗外的天色越暗，我心底角落里那块阴影就越大，大到笼罩了我整个人，让我喘不过气来。

这下骗不了自己了。爸爸对我的信息从来都是秒回的。

我站起来一转身就看到了那辆"二八大杠"，眼泪止不住下来了。

我已经不记得后面几天是怎么过的，只记得后来我找到一个稍微有点安慰的方法，就是给我爸的微信发信息聊天。

比如，今天食堂的菜真难吃、今天上课多累啊、和朋友哪里玩了……事无巨细地跟他汇报，就像他之前对我一样。

反正之前我也不回他，现在他不回我，不是挺公平吗？

后来有个晚上，因为什么事我现在也忘了。反正不是什么大事，那会儿就感觉不行了，我实在撑不下去了。

我就给我爸微信发信息："干脆我去找你得了！"

屏幕突然动了一下，"老爸"这个备注名突然变成了"对方正在输入……"，瞬间又变回了"老爸"。

我一下子都不敢呼吸了。我有点拿不准是不是我的幻觉，就凝神继续等着。

突然又动了一下："对方正在输入……"

肯定是真的，不是我看错了。我的心脏都快跳到嗓子眼了。

那边迟迟没动静，什么信息都没有。

我试探性地发了一句："爸？"

那边再无动静。这是怎么回事呢？

第二天吃早饭的时候，我跟奶奶谈起此事。她倒是很平静，说我肯定是看错了。手机我爸应该是随身带上飞机了，现在应该已经变成零件了。

我将信将疑，一次看走眼了，还能看错两次吗？

于是，我开始有事没事看手机，上课也忍不住掏出来偷看。

可再也没见过有什么变化。

我又想，是不是有其他人，不知通过什么方法登录了我爸的微信。

我就立刻又发了一条信息："你是不是能登录我爸的微信？你谁啊？"

对方没有任何回应。没有文字，也没有我爸那带点口音的粗壮声音："我是你老子！"

正当我开始相信奶奶的话时，又出了一件事。

镇子上有一批小混混，平常我见到他们都是远远绕着走的。那天我惦记着爸爸的事，走了神，反应过来的时候已经晚了。

我被他们一群人堵在小巷子里。还没等带头的发话，我乖乖地就把早上奶奶给我买零食的钱掏了出来。

带头的对我的态度很满意，转身就要走。这时候，不知哪个多嘴，说见我刚玩手机呢。带头的一听，手就伸过来了。

不行，这个是我爸留给我的东西，说不定他还会回复我呢！

我吓得说不出话，光摇头。

上来几双手就搜我裤兜。我拼命护住。带头的朝我脑门猛拍了一下，我眼前一黑。当时唯一的念头就是手机千万不能被抢了，我脑袋一热猛地推了带头的一下。

这下捅了马蜂窝了。

"弄他！"

眼前一群人压了过来，跟天突然阴了似的。我心想这下真完蛋了，不过心一横，给弄死了正好去找我爸，也不错！

不知道从哪里飞来一块土砖头，在带头的背上摔得粉碎。

那带头的骂了一句什么，回头到处找砖头哪儿来的。

这时候，透过人缝，远远地，我爸推着"二八大杠"朝这边走过来。

眼前这个画面，和当年我摔在坑里，他推车带人冲过来的画面，模模糊糊地重叠在了一起。

爸，我再也不会觉得丢人了。

我当时就满血复活，猛一下冲开人群跑了过去。

跑着跑着发现不对，那不是我爸，那是张叔。从远处看他跟我爸身形很像。

我没停下来，跑到张叔身边，抓着车龙头哭得稀里哗啦的。就是一声"爸"本来快出口了，让我生生咽了回去。

张叔是镇子上派出所的民警，我爸生前跟他关系不错。

那几个小混混一见他，都默默散开了。

张叔一路送我回家，经过我上学路上那三个大坑，过一道坑我哭一次。

张叔什么话也没说，等我哭完了说，有困难随时找他。

我说："谢谢你的砖头啊！"

"砖头？什么砖头？"他一脸困惑。

说完我自己也反应过来，当时他离我那么远，再说方向也不对，不可能是他扔的。

那是谁扔的呢？

我琢磨着回到家，看到邻居家赵大狗蹲在路旁玩泥巴。他其实已经30岁了，只不过先天有点问题，智力水平相当于3岁小孩。

我经过时，他没头没尾地冒出来一句："二叔回来了！"

（二叔是我爸，因为排行老二，小辈都叫他二叔）

我站住了，连忙蹲下来问他怎么回事。

"二叔刚从那儿跑过来的。"他伸手一指，就是我回来的方向，"还给了我颗糖。"

他从口袋里掏出一颗糖，沾着泥巴，糖纸上印的全是英文字母。

"他去哪儿了？"我连忙问。

"阿南，你别听他瞎说！"

我回头，赵大狗的妈妈刘婶气呼呼走过来，拽着赵大狗朝家走。

抱着一丝不切实际的幻想，我推开了家门。

家里依旧是空荡荡的。

晚上，我跟我爸发微信说白天的事。我说："爸，这事要真是你干的，你就认了吧。你那块板砖扔得挺帅气的，真的。"

那边一直没动静。

我有点火了："你要是真没事就赶紧出来！老是躲着人干什么？"

再也没有"对方正在输入……"。

第二天，我问到了我爸在吉隆坡同宿舍工友的电话。我打了一个国际长途过去，请他帮我在当地确认一下：会不会搞错了，我爸没事？

一连等了几天，他都没给我回过电话。

这期间，奶奶摔了一跤，进了医院需要做手术。

我忙了起来，学校、医院、家三头跑，想起来的时候才发现，已经连续好多天没给爸爸发微信了。

我坐在奶奶的病床边，掏出手机刚要打字，突然想到一个计划。

爸爸是一个出了名的孝子，要是他真的还活着，得知奶奶病了，那肯定会忍不住来看奶奶的。这样我躲在暗处，守株待兔不就好了？

想到这里，我稍微夸大了一点奶奶的病情，编了条信息发过去。

发完我就告诉奶奶，我先回家写作业，有事打我电话。我背着书包出了医院，直奔对面一座居民楼。

二楼的视野非常清晰，刚好能看清医院进进出出的人。

我站在过道上，边背语文课本上的《鸿门宴》，边监视对面的状况。

项庄舞剑要杀刘邦的时候，对面没人。

樊哙掀开帐子进来的时候，进去一个护士。

一直到刘邦逃跑了。

医院门口突然有个影子一闪而过。已经是傍晚了，那个影子不太清楚。

但我太熟悉了，绝对不会认错的。

那是老爸！

我玩命地追过去，下楼梯，过马路，上楼梯。走廊尽头最后一间，奶奶的病房，爸爸走了进去。

不会错的，一定不会错的！这一次，我不会再丢掉你了。

我冲过去，差点撞倒一个提着输液瓶的病人。我跑到门口，直接推开门进去。

奶奶靠在床上看着手机。病房里除了她之外，根本没有其他人。

爸爸不见了。

我问奶奶："刚才有没有看到人进来？"

奶奶摇头，说就看到我一个人进来。

这到底是怎么回事啊？难道说我又看错了？

我闭上眼睛，把刚才的画面在脑中过了一遍。

爸爸侧身的影子，一闪而过，进了病房。我一定没看错。

怎么会进了门就突然消失不见了呢？难道说爸爸回来了，但并不是以活人的方式？

医院的走廊很幽暗，病房里却是亮的，还有一抹落日夕照。听说鬼魂是不能见阳光的，爸爸会不会是在见到阳光的那一刻消失了？

这时候电话进来了，是我爸的那个工友。

他告诉我，ZN501航班客机坠毁，乘客中的确有我爸爸的名字。当地的领事馆也出具了死亡证明。

总而言之，我爸确实已经不在了。

情绪大起大落，我有点崩溃了。

奶奶问我怎么回事，我心里破防，把最近发生的事一股脑儿说了出来。

奶奶想了想，说要不然还是找王婆给看看。

王婆是镇子上一个算命的。据说挺准，十里八乡的人都来找她，靠着算命她已经盖起小洋楼了。

奶奶拎了一筐土鸡蛋，带着我一起去找王婆。

作为受过九年义务教育的人，我将信将疑，但按捺不住有点好奇。

去了之后，我有点失望，王婆家就是河边上普通的小平房。门口聚了几个人，看着里面还有病人。我们排了一会儿队就进去了。

房子昏暗，旁边放着一个巨大的佛龛。一个老太太在堂屋当中坐着，干巴瘦，眼神浑浊，看着有点瘆人。

我们进来她也没说话。奶奶把鸡蛋放到一边，然后坐下来跟王婆讲了讲我们的情况。

王婆问我们来是想问什么。

奶奶示意我说。我就说，前几天我好像见着我爸了，我就想知道那个是不是他。

王婆抿了口茶，打开旁边一个木匣子，从里面取出一个白信封，又给推过来一张信纸、一支笔。

王婆说："想说什么就写在纸上，你爸爸能收到。"

我拿起笔写了一句："爸，我在医院看到的到底是不是你啊？"

写完我折起来放到信封里。这是写贺卡用的那种上开口信封。

王婆递给我一瓶胶水。我小心翼翼地把信封开口给封住了，摆到桌上。

王婆点点头，盯着信封嘴里默默念着什么。

不一会儿，她缓缓睁开眼，拿出一把小剪刀放到信封上。

"剪开看看吧。"

里面除了我写的字条还能有什么？

我剪开信封侧面，取出里面的字条打开。

"是我。"

是爸爸的字迹。

隔了这么久，他终于回我信息了。

我攥着这张字条，怎么也不愿意放手，随即有些后悔，早知道多问他点问题了。

"我能和他说说话吗？"我壮着胆子问王婆。

王婆微微叹了口气，点点头。消耗太大，她需要准备一下。

后来我推测，这可能跟发微信一样，发文字不耗流量，我现在要转语音通话就麻烦一些。

过了一会儿，有个年轻人招呼我们进里屋，说师父准备好了。

我看了奶奶一眼，奶奶推了我一把，说："你自己去，想跟你爸说什么就说。有什么话都说出来，不要憋着。"

我独自进了屋，里面烟雾缭绕的，我一连咳嗽了几下。

屋子当中摆了一个香炉。靠近我这边放了一个软垫，王婆正盘腿坐在香炉对面。

我吓了一跳，她脑袋怎么大了一圈？细细一看，她戴着一个面具，有点像是木头人脸面具。

我在软垫上坐下来，盯着王婆，很茫然。

干等了几分钟，我实在尴尬，就清了清嗓子试探性地问了声："你是谁啊？"

"我是你老子！"

是我爸带点口音的粗壮声音。

烟熏了眼睛，我眼泪止不住下来了。

我们就这样对坐着，聊起天。

聊起了我的小时候，聊起了爸爸的小时候，聊起了妈妈，聊起了爸爸怎么追的妈妈……

我们一直聊，好像把这辈子该聊的话都聊完了。

记忆当中，我们从来没有这么好好聊过。

"我欠你一个媳妇。"我这么对我爸说，"要不然我给你找一个，你随便挑。"我一指旁边的纸人。

"滚！"

我们笑了笑，沉默。

爸爸说，以后就不回来了，叫我把奶奶照顾好。

我突然就想到，那天晚上吃饭时，他说现在厂里能申请外派务工。

讲完他试探性地问我："你说我申请吗？"

"能不走吗？"我脱口而出。

香炉对面久久沉默。

我不想为难他，改口说："那我还能继续给你发信息吗？"

"能。"

"发了你能看见吗？"

"有可能吧。但我不会回你的。"

没事，这就够了。

我攥着爸爸写的字条走出门，重新开始生活。

我几乎每天都给爸爸发微信。

"爸，奶奶手术很顺利，我已经接她出院了。"

"今天运动会，短跑我拿了全校第一。我感觉你好像偷偷来看了，是不是？"

"马上我就要进高考考场了，你要是在，就帮我看看别人的答案，过来悄悄告诉我。不说话我就当你答应了。"

"考完了。就算没你帮忙，我也觉得考得不错！"

"今天表哥来了，带我去吃了一家特别好吃的牛肉面，我拍给你看看。"

"快过年了。家门口那条路修了，平整了，路标也换了，我估计你回来肯定不认识了。"

"明天我就去上大学了，就是有点放心不下奶奶，不过二姑说过几天就来这里照顾她。你也不用太担心。"

"班上有个女生，我有点犹豫要不要追。你说呢？这样，你回了就表示不行，不回就表示行。"

"我不该听你的……她有男朋友了。你说这下让我在班上怎么混？还有四年呢！"

"奶奶状态不太好，我已经请假了，明天回家。对了，这一次不是诈你回来。"

"下午4点10分，奶奶在医院走了，去找你了。你临走前让我好好照顾奶奶，现在该换你了。"

……

就这样，我一直给爸爸发信息，似乎他在我生命的重要时刻，没有完全缺席。

他没说谎，再也没回过我，也没出现过"对方正在输入……"。

后来，我跟一个朋友聊起了整件事。

聊完我就觉得他表情不对。我问他，他就说没事。

肯定有问题。

我一再追问他，他才吞吞吐吐地说，其他事说不准，但王婆向我展示的写信和对话，用常用的魔术手法就可以办到。这种手法经常被算命的用来骗人。

先说写信的事。方法很简单，每个人都能做到。

那个信封不是普通信封，而是双层的。

我写的字条塞进了其中一层里面，然后我封好信封。这时候，王婆给我剪刀让我剪开信。于是，我很自然地剪开信封侧面的窄边，拿出了我爸的"回信"。

这是因为，我剪开的是另一层信封。那封所谓的"回信"也是事先准备好放在里面的。

朋友怕我不懂，还现场演示了一遍，确实跟当时王婆造成的效果一样。

我有点傻眼，我是被骗了？

那王婆能用我爸的声音说话是怎么回事呢？

朋友猜想，问题出在那个面具上。简单地说，那个面具比较像一个蓝牙音箱，所以可以传出来别人的声音，但又像是王婆说出来的。

不少所谓的灵魂附体都用了这种骗术。

我想了想，声音颤抖地问朋友："信封里的字迹是我爸的，当时和我聊天的声音也是我爸的，如果你的猜想正确，是不是说，我爸当时就在现场，我的的确确就是在和我爸聊天？"

朋友点点头。

我崩溃了。

我手颤抖着掏出手机，翻到我爸的微信，发了条信息：

"爸，你还在吗？"

没有回复。

回老家的车上，我反反复复想，但就是想不通为什么爸爸要这么做。

他当时还活着。

在我给他发微信诉苦的时候，他活着。

在我被小混混堵在巷子里的时候，他活着。

在我告诉他奶奶生病的时候，他活着。

在我去找算命的想见他的时候，他活着。

那他为什么不肯出来见我呢？我想不通。我更想不通，为什么一切证据都显示他已经去世了呢？

老家真是变了样子。别说爸爸了，就是我也有点认不出来了。

我凭着记忆找到了王婆家，想问问当时到底是怎么回事。但她的家人告诉我，王婆两年前已经去世了。线索就此中断。

我很失望地一路往家走。

上学路上那三个大坑，全部被填平了。我心里估摸着位置，数着。

一、二、三。

老屋的门露了出来。一切都变了，只有邻居家的赵大狗还蹲在路边玩泥巴。

他一见到我，回头笑了："二叔回来了！"

我心头一动，蹲下来递给他一块糖，追问："二叔回家了吗？"

赵大狗接过糖冲我笑："谢谢你啊，二叔！"

我哑然失笑，这么多年过去了，我和爸爸的样貌越来越相似了。

他把我错认成爸爸了。

回到家门口，手握钥匙，我犹豫着。推开这扇门，会不会爸爸已经把家里收拾得井井有条，系着围裙，做了一桌热腾腾的饭菜等着我回家呢？

如果我不开门，那这种可能就一直存在，不是吗？

但我还是推开了门。房子里空荡荡的。

我在老屋里住了几天，想着怎么处理这间屋子。最终还是决定把房子卖掉。

这里虽然充满回忆，但是已经没有亲人了。

这么决定之后，我就联系了镇子上的房产中介。中间又是好一番折腾，略过不说。最后总算成交了。

我收拾着东西，翻出了好多和爸爸的合影。

打包好，装好箱子，我和这间老屋做最后的告别。

这时有个邮递员敲门，说有一封给我的信。

我有点奇怪，怎么会有人给我老家地址写信呢？

接过信，我一看，是爸爸的字迹。

我手颤抖着拆开，展开信纸：

儿子，这封信是来自十年前的。十年时间，我觉得你应该能完全接受了。那不如把这件事告诉你，好让你也不要一直惦记着。

我现在正在医院的病房里给你写信。

或许你已经猜到了，飞机失事那次我没死，因为我根本不在那架飞机上。

我在吉隆坡工作的时候，做了一次体检。体检报告出来后，医生通知我去医院，很快确诊，胰腺癌晚期。医生建议我尽快回家看看，治疗已经没太大作用了。

我大概只剩下三个月时间吧。

于是，我买了机票回家，死前无论如何我都要见见你。但老天爷跟我开了一个大玩笑，就在检票之后，我突然病发昏迷。

醒来后已经是第三天了。这时，我才得知那架飞机没开几分钟就失事了，飞机上所有人都丧生了。

我竟然因为一个迟早要弄死我的东西，而暂时躲过了死亡。想想也真是荒唐。不过更荒唐的是，工作人员将我的名字放到了死亡名单当中。

等我活着回到国内，你却以为我已经死了。

那时我已经回到了家，和你的奶奶一起等着你回来。我听说了你们这几天是怎么在悲痛中度过的，心如刀绞。

不过现在好了，我平安回家了。

这时，我收到了你的微信，你向我抱怨食堂的菜太难吃，还有物理课你根本听不懂……

看着看着，我迟疑了。你已经开始接受我的离开了。

你已经花了那么大力气、那么努力地去接受我的离世。

难道我还要让你在三个月以后，再一次去经历我的死亡吗？

难道我要让你看着我一点点消瘦，皮包骨头，像骷髅一样躺在床上吗？

你又要花多大的力气才能熬过去呀！

对所有的儿子来说，爸爸死一次就够了。

我做了一个决定，在你的生命中彻底消失，就像死人一样。

我请求你的奶奶帮我这个忙，刚开始她不理解，但禁不住我再三恳求。

几乎是在你回家的前一刻，我从家里逃走了。

然后，我就像鬼魂一样生活着。

你不知道吧，其实我就是在镇子上，在河对岸偏远的地方租了一个房间，独自住在里面。外出的时候，我都会记得把脸挡起来，以免碰到认识的人。

那天晚上看到你给我发的信息，你说自己撑不下去了，想来找我。

我的心揪住了，立刻就打了一段文字，但按下发送键之前停住了。我想起了自己现在已经是个死人了。

于是，我又把这段文字全部删掉了。

但我放心不下你。

自从你小时候那次从车上摔下来，你就再也不让我送你上学。但你现在可管不到我了，我天天在你不远处，送你上学和放学。

我在远远的地方看着你，跟你一起走着，确保不被你发现。我们一起走过那三个大坑，看到你进学校我就离开。一切仿佛回到了你的小时候。

那天，你被一群小混混围住，我就在墙后面看着，差一点就忍不住冲出来了。

那一刻我有点后悔做这个决定。如果你的爸爸能光明正大地活着，那就可以站到你的面前保护你，不让你受这样的屈辱。

我朝那个小混混丢了一块砖头，正打算扑过去把你救出来。

幸好这时，老张经过这儿，你得救了。

我离开的时候，不小心让隔壁的赵大狗和刘婶给认出来了。我只好简单说明了一下情况，请求他们帮我保守秘密。

为了避免再发生这样的事，我特意去找了老张（你应该能想象到他吓坏了），请求他有事没事照看你一下，不要把我还活着的事说出去。

感谢他们，保密工作做得很不错。

如果你读到这封信，也去看望看望他们。在你不知道的地方，有许多人在悄悄地帮着你。

不过我是有点小看你小子了，居然还会下套诈你老子！

看到你奶奶住院的微信，我确实是急了，不管不顾就过去了。见到你奶奶后，我立刻就知道被你骗了。

幸好我反应快，躲到了床底下。嘿嘿，还是你老子棋高一着吧！

不过我也给你吓得不轻，心脏怦怦直跳。我想着也不能一直这样吧，这件事必须有个了结，再加上我也有些话想对你亲口说。于是，我们就去找王婆帮忙，和她串通好了来骗你。

怎么样？见到你老爸"显灵"是不是吓了一跳？

经过这么一下，你总算是消停了。我每天都会读你写给我的信息，每一条都反复读。在我夜里疼到睡不着的时候，它们就是我最好的镇痛药。

听你奶奶说，明天学校运动会，你报了短跑。你一定很希望我在场给你加油吧。就像小时候，每次骑车过坑，你都会在后座给我加油一样。

但是爸爸去不了了，现在的身体状态做不到了。疼痛经常会让我陷入半梦半醒的状态。昨天我梦见你妈妈了。

我说我很快就要去见她，她反而很生气。临走之前，她抱着你，让我照顾好你，我却没有做到。

不过你不用担心我们会吵架，等我过去了会好好哄她，你老爸很有信心的！

我趁着还有一点力气，写下了这封信，托人交给了慢递公司，在十年后寄到家里。也不知道你能不能收到。

那时候，我肯定已经和你妈妈团聚了。

那时候，你应该已经长大了，能够接受这件事了，那么告诉你也无妨。

那时候，你应该已经大学毕业了，说不定已经有女朋友了吧。

我现在想象着你十年后的样子，还是会不自觉地笑出来。

对不起，没办法陪着你走过更多的路。

儿子，十年后看到信的你，过得还好吧？

我读完信，拿起手机，给爸爸发了一条信息：

"爸，我很好。"

其实，我说谎了。

这些年来，我过得并不好。甚至因为少时那一段"通灵"经历，一度开始迷信神鬼手段。

我拜过法师为师，跟老家乡下的萨满学过艺，去过滇南寻巫，也入过藏区攀登神山。有一段时间，我一直企望用"神"的力量，重新让父亲回到我的身边。

那封来自十年前的信，像是一根羽毛，拂去了蒙在我心中的尘埃。

死去的人无法活过来，这个世界上也没有什么神鬼。我放弃了那些发疯的念头，也放过了我自己。

后来，我开始研究民俗学，开始不断探索那些神秘事件背后的真相。我时常去各地的偏远农村，一待就是几个月。

直到那一天，我收到了远房族叔的信，去了闪灵录像厅。

现在回想起来，大概是那时的我造型上显得有些落魄。第一次见到小北时，他眼里明晃晃的"嫌弃"，让我起了些捉弄他的心思。

所以，后来的很多事情我明明可以说，却偏要看着他着急。哈哈……

其实我的朋友很少，小北算一个。我庆幸收到族叔信件的那天，离开了当时栖身的村庄。认识他后，我的人生多了许多不同……

我想，如果父亲还在的话，也会希望我与这个世界多一些平淡、普通却温暖的联络吧。

爸，现在的我真的过得很好。